中國學術思想 研究輯刊

九 編

林 慶 彰 主編

第 14 冊

聞一多《詩經》學研究

侯 美 珍 著

花木蘭文化出版社

國家圖書館出版品預行編目資料

聞一多《詩經》學研究／侯美珍 著 — 初版 — 台北縣永和市：
花木蘭文化出版社，2010〔民 99〕
序 2+ 目 2+142 面；19×26 公分
（中國學術思想研究輯刊 九編；第 14 冊）
ISBN：978-986-254-280-4（精裝）
1. 聞一多　2. 詩經　3. 學術思想　4. 研究考訂
831.18　　　　　　　　　　　　　　　　99014365

ISBN - 978-986-254-280-4

9 789862 542804

中國學術思想研究輯刊
九　編　第十四冊　　　　　　　　　ISBN：978-986-254-280-4

聞一多《詩經》學研究

作　　　者　侯美珍
主　　　編　林慶彰
總 編 輯　杜潔祥
出　　　版　花木蘭文化出版社
發 行 所　花木蘭文化出版社
發 行 人　高小娟
聯 絡 地 址　台北縣永和市中正路五九五號七樓之三
　　　　　　電話：02-2923-1455 ／傳真：02-2923-1452
網　　　址　http://www.huamulan.tw 信箱 sut81518@ms59.hinet.net
印　　　刷　普羅文化出版廣告事業
封 面 設 計　劉開工作室
初　　　版　2010 年 9 月
定　　　價　九編 20 冊（精裝）新台幣 33,000 元

聞一多《詩經》學研究

侯美珍　著

作者簡介

侯美珍，政治大學中國文學研究所博士，現任成功大學中國文學系副教授。研究領域：《詩經》學、明清科舉、八股文研究。代表作有：《聞一多詩經學研究》、《晚明詩經評點之學研究》、〈毛奇齡《季跪小品制文引》析論——兼談「稗官野乘，悉為制義新編」的意涵〉、〈明清科舉取士「重首場」現象的探討〉、〈明清科舉八股小題文研究〉、〈談八股文的研究與文獻〉、〈明清八股取士與經書評點的興起〉、〈《儒林外史》周進閱范進時文卷的敘述意涵〉等。

提　　要

　　聞一多（1899～1946）是詩人、學者，晚年思想左傾，熱衷於政治運動，遭暗殺而死，又成為大陸至今頌揚的鬥士。因為政治因素，在臺灣，罕少有人留意聞一多；而大陸熱烈頌揚的氛圍，往往也造成對聞一多學術研究評價的偏頗。本論文以聞一多的《詩經》學為研究的主題，企圖根據最新的史料，以客觀的立場來重估聞一多《詩經》學的成就。

　　本論文從聞一多學者的角色辨析入手。以往的研究者受聞一多晚年自白的影響，混淆了學者與鬥士時期的角色。第二章裡，筆者從早期的書信考知，聞一多成為古典學術的研究者，純粹出於興趣、能力與生計的考量。本章除為其學者的角色重新定位外，並藉以凸顯大陸學界研究聞一多的迷思。第三章至第五章，討論了聞一多廣為人知、影響較深，也是後來學者津津樂道的三個《詩經》學主題。

　　第三章談聞一多援佛洛伊德性學說解詩的論點、立說背景，聞一多接觸佛洛伊德學說的經過，以及援性說詩的影響、得失。筆者認為此種解詩方法有開拓眼界之功，但恐過於相信佛洛伊德性學說的科學性，導致在文本的閱讀有所不足，缺乏思辨，其說多有附會。

　　第四章辨正聞一多的《詩經》時代嫁娶正時論。毛、鄭等學者或主秋冬、或主仲春為嫁娶正時，聞一多異於舊說，以春、秋兩季為嫁娶正時。本章考察了舊說及聞一多的新論，以《春秋》經記載嫁娶四季皆有，且分布均勻等證據，而定《詩經》時代應通年聽婚。

　　第五章專論〈詩‧新臺鴻字說〉一文。〈新臺〉「魚網之設，鴻則離之」的「鴻」字，舊解為鳥名，聞一多以為當解為蟾蜍。此說甚為風靡，許多學者都捨舊解而信從聞一多之論。透過對聞一多論點的辨析，筆者以此說無法通解古籍，且聞一多所論證據薄弱，不可驟信，當依舊解釋作鳥名為宜。

　　第六章結論，重申筆者在〈緒論〉中強調的研究立場。聞一多的《詩經》研究成果，不愧為一大家，然也受到當時大膽、率斷的學風影響，而有失謹嚴。郭沫若「前無古人，後無來者」的誇獎，實過於溢美；後學必須以考而後信的態度，「批判地繼承」聞一多之創說，方是正途。

目次

自 序

在熟悉聞一多的過程中，彷彿也重溫了一次現代史。內憂外患的國勢，擾攘的政局，灰飛煙滅的何止聞一多一人。

論文的寫作過程中，感謝指導教授林慶彰老師屢次鼓勵及答疑解惑。幾年來從林老師那兒所學到的，固不止寫作論文一端而已；老師對學術研究的熱忱和奉獻精神，更讓我們望塵莫及，由衷欽佩。如果不是曾參與過他所主持的目錄編纂工作，我不會把執著的背後，所需付出的耐力和毅力，看得這麼明白。

周鳳五教授、蔡信發教授，在論文口試時，從不同的角度提供寶貴的意見，讓我藉以修正論文的不足，在此致上深深的謝意。

北京大學中文系費振剛教授是研究聞一多的前輩，民國八十二年八月在河北石家莊第一屆國際《詩經》學會議中曾向他當面請益，兩年來他的幫忙，讓我永銘在心。北京中國社會科學院近代史研究所的聞黎明先生，雖從未謀面，然而他總是不厭其煩的答覆我信上所提的問題。如果沒有他們的協助，研究聞一多必然會遭遇到更多的困難。

從八十二年年初開始，與汪嘉玲、張惠淑、游均晶一起合作編輯《經學研究論著目錄（1988～1992）》，最後階段的校對等瑣務發落下來時，正值我在趕寫論文之際，這些工作都偏勞了他們，在此也要深致謝意。

認識郭麗娟學姊已有七年，七年來承蒙她不斷的照顧，寫論文的這一年，殷勤詢問，盛情可感；雅芬、杏芬是很好的「戰友」。扮演了五年老師的角色後，再來重溫學生的生活，真好！政大的老師、同學、這三年的點滴，將會是這輩子珍惜的回憶。

　　最後，謝謝遠在高雄的家人，他們總不明白爲什麼我連寒暑假都來去匆匆；然而，卻始終縱容我任性而行。

　　聞一多是個褒貶懸殊、頗具爭議的人，雖然一直期許自己要以客觀的立場來著墨，但恐怕我也有不自知的局限。疏漏之處，在所難免，尚祈大雅君子，不吝指正。

侯美珍　誌於木柵政治大學
中華民國八十四年六月

第一章　緒　論

第一節　研究動機

　　聞一多，是現代詩格律派的詩人，是武漢大學、青島大學、清華大學、西南聯大等學校的教授，這種身兼文藝創作及學術研究兩種角色的人，在當時來說並非罕見；較特別的是在西南聯大時，他思想左傾，熱衷於政治活動，不幸遭暗殺而死，而引起國內外的震撼。在中共看來，他是壯烈犧牲的鬥士，所以，自1946年來一直是被歌頌的對象；在國共敵對的情況下，也是打擊國民黨的有力武器。共產黨利用聞一多的死來宣傳，周恩來把聞一多和魯迅相提並論；毛澤東讚美其風骨，鼓勵大家歌頌聞一多，很多年後，每到了聞一多的忌辰，報刊總不斷地刊載著歌頌和紀念的文章。〔註1〕

〔註 1〕 許芥昱著、卓以玉譯《新詩的開路人──聞一多》，頁 192 云：

　　共產黨方面利用了聞一多的死做宣傳，把它（引者按：應作「他」）的地位抬高跟魯迅並列。一九四六（引者按：漏「年」字）十月周恩來發表了一篇公開的談話，說魯迅跟聞一多都是為人民服務最忠實的牛。他把聞一多最後的決心甘願為普通的人民做奴隸，比做魯迅的那兩句「橫眉冷對千夫指，俯首甘為孺子牛」。聞一多的死是一個烈士的死，他的名字隨著日子的流逝越來越發光，一九四九年八月，毛澤東自己也稱讚聞一多，說他是有骨頭的，臨死也不在暗殺者的凶器前低頭……他是拍案而起的。毛澤東鼓勵作家們歌頌聞一多，使他永垂不朽，聞一多在中國歷史上偉大人物之間應該佔有一個席位。各界陸續舉行公祭。在所有的出版物中間，除了國民黨的報章以外，到處都有追悼他的文章，有對他生平事蹟的回憶。以後很多年每到了他的忌辰，各地的報刊都還不斷的登載這類紀念性的文章。

　　因著聞一多政治角色之故，臺灣方面，聞一多成了一個禁忌，他的著作未能公開發行、普遍流通，〔註2〕梁實秋在 1966 年時感慨友人徐志摩和聞一多兩人都早逝，且都慘死，一因墜機而亡，一因槍擊殞命。然徐志摩的聲名及著作在臺灣猶廣為人知，而「聞一多有《全集》行世，……但是在臺灣是幾乎無法看到的。因此，年輕一些的人對於死去不過剛二十年的聞一多往往一無所知」。〔註3〕

　　至今，距離梁實秋的感慨又將近三十年，而情況並沒有多大的改善。由於近幾年兩岸開放交流，圖書出版品逐漸流通，大陸的學者在著作中的徵引推重，當會間接的影響臺灣學術界注意聞一多；學者進行研究時，資料的取得方面也有了較方便的管道，所以相信這種忽視的狀況，在未來幾年將會有較明顯的改變。

　　筆者正是梁實秋所說對聞一多「一無所知」的人，直到大學時期修習了《詩經》課，讀到聞一多在某些詩篇詮釋上的創說，才知道此人的存在。爾後接觸了大陸的雜誌、圖書後，兩岸對聞一多截然不同的態度——特別是在政治角色的評價上，吸引我更多的注意。在閱讀了大陸絕大部份是紀念、頌揚的文章時，不時反問：「聞一多有這麼偉大嗎？」「他的成就有這麼高嗎？」有見於臺灣因政治因素而造成學術界的忽視，實是自身的損失，而大陸學者的評價也讓我頗為存疑，就這樣跨出了聞一多研究的第一步。

　　　此書原名：*Wen I-to,* Boston Twayne Publishers, 1980。中譯本改為此名，原香港：波文書局，1982 年出版，此據坊印本

〔註2〕香港還曾經印行全套的開明版《聞一多全集》；在臺灣，《聞一多全集》從未公開正式的發行。筆者曾看過幾本在臺灣流傳的《全集》選刊本，如《神話與詩》等，皆是坊印本，或有未署出版者等版權項的現象。華正書局 1977 年5 月在臺印行《楚辭斠補》一書（原名《楚辭校補》，重慶：國民圖書出版社，1942 年 3 月出版），在封面、版權頁皆不註作者。臺灣學生書局出版的《杜甫和他的詩・下》（1971 年 10 月初版，1982 年 2 月再版），頁 37～136 輯錄聞一多〈少陵先生年譜會箋〉一文，作者題為「聞匡齋」。九思出版社 1972 年出版的《古典新義》、《詩選與校箋》，作者題為「聞家驊」。類似這種以坊印本形式流傳、去掉作者之名或改以字號稱之等現象，常是以前親共及居留在大陸的學者，其著作在臺流傳所習見的情形。筆者在臺北購得的王康《聞一多傳》，甚至連許芥昱的《新詩的開路人——聞一多》都是未署出版者的坊印本，這些皆為「禁忌」現象的反映。

〔註3〕引自梁實秋《談聞一多》（臺北：傳記文學出版社，1967 年 1 月出版，1987年 7 月再版），頁 1～2。梁作原載於《傳記文學》，第 9 卷第 2～6 期，1966年 8 月～12 月，所以筆者正文中云「1966 年」。

　　引發筆者注意的雖是他政治的角色，而選擇以聞一多爲碩士論文主題時，在考察了聞一多研究的現況後，發覺關於聞一多的新詩、政治立場、生平，都有大量的作品加以討論，惟獨他學者時期的學術研究成果較乏人問津。1988年11月7日至11日全國第四屆聞一多學術討論會在昆明雲南師範大學召開時，學者有這樣的呼籲：「作爲詩人與鬥士的聞一多研究，已經充分展開，但作爲學者的聞一多研究，還只是剛剛起步。」（《聞一多研究述評》，頁339）到了1994年，陸耀東還說學界對聞一多學術思想和成果的研究，雖經季鎭淮等曾多次指出「這是聞一多研究的薄弱環節，應加強研究工作」，但迄今「收效甚微」。爲什麼收效甚微？除起步較慢以外，陸耀東分析大概是因：「對研究者的基本要求高，至少懂文字、音韻、訓詁，熟悉中國古代文學和其他古籍」，並且要「了解中國近代學術發展史；集中幾年時間投入」等條件的配合，又說：

> 研究作爲「學者」的聞一多，是一件難度很大的工作，一是他的研究涉及面較廣，……二是必須了解聞先生之前和之後的這一課題研究的全貌，比如要正確判斷聞先生在《詩經》研究史上的地位，就必須了解漢儒以來也就是二千年來學者們的見解，才能知道聞先生哪些方面吸取了前人的成果，哪些方面有新發現，或是在用以研究的方法和觀念上有創新。還有，聞先生逝世已經近半個世紀，這半個世紀內，學者們在哪些方面得益於聞先生的成果，繼續推進研究？哪些方面補正了聞先生的論說？一些前不見古人，後不見來者的研究聞先生學術的論文，不具有學術品格和價值，主要原因也在這裡。
>
> （〈新時期聞一多研究的回顧與展望〉，《武漢大學學報》，1994年第6期，頁3～10，1994年11月）

陸先生所說的將聞一多置於《詩經》學史中來考察，不要做「前不見古人，後不見來者」孤立式的研究，筆者深有同感。作爲一個聞一多《詩經》學的研究者，如陸先生所說，必得了解二、三千年來的《詩經》研究概況，才能知其承先啓後的關係，這對研究任何一家《詩經》學的研究者而言，都是必備的條件。除此之外，聞一多學貫中西，引用西方文化人類學等以解《詩》，這又是對傳統學術研究者的一大挑戰。筆者在資格上可能仍不符合陸先生所提出的「基本要求」，但在兼顧自己的興趣和專長之下，仍選擇以聞一多的《詩經》學研究作爲碩士論文主題，「基本要求」的不符，則希望能以勤補拙，勉

力為之。

其實說對聞一多「學者」時期學術思想和成果的研究顯得不足，那是和對聞一多「詩人」、「鬥士」研究之盛比較來說的。以《詩經》而言，學者除了要對《詩經》原典進行研究外，《詩經》學史的研究涵蓋了先秦的孔子到民國《詩經》學的發展，時間長達三千餘年，學者關照《詩序》、《毛傳》、鄭《箋》，宋學的歐陽修、鄭樵、朱熹等人的成果，已嫌不足，能投注在民國時期《詩經》研究的心力也就很有限了。如果與民國以來同時期的學者如：魯迅、郭沫若、顧頡剛、陳子展等人比較，後人研究他們《詩經》學的專論，只有一至三篇左右，〔註4〕討論聞一多《詩經》學的文章，目前所知已有十餘篇（參本論文〈附錄二·聞一多《詩經》學相關書目繫年〉），相較之下，可見聞一多《詩經》學為人所矚目之一斑。當然，造成這種狀況，除了聞一多的《詩經》學本身有其創發外，「鬥士」的身份也不無影響。

有十餘篇相關的論文，可說是不少了。這些論文在聞一多《詩經》學的研究方面做了披荊斬棘的工作，功不可沒，特別是大陸學界一窩蜂的把眼光都集中在聞一多「詩人」、「鬥士」的角色上，這些研究者能去探索聞一多學者時期的學術成果，是難能可貴的。然或限於主題、或囿於篇幅，大抵只能做大略的介紹，所討論的範疇和深度很有限，又或過份地以殉道者、烈士的角度審視聞一多，使論述的過程為特定的思想意識所籠罩，導致評價上有所偏頗。作者所處的政治氛圍、對《詩經》學的認識水準，都影響著這些論文的品質。而且，1993年12月武漢大學「聞一多研究室」立足於開明版《全集》的基礎上，廣為搜集，又據聞一多遺稿整理出不少內容，纂成了新的《聞一多全集》（參本論文〈附錄一·《聞一多全集》評介〉），有新的史料問世後，更有必要在前人的研究基礎上，憑藉更全面的史料和更客觀的眼光來重新給予他新的歷史評價。

是故，對聞一多《詩經》學這個主題的研究，筆者有四點期許：

一、希望對聞一多學術成就研究不足的情況，略有些微的補足作用。

二、希望達到拋磚引玉的效果，喚起臺灣學界對聞一多研究的重視。

三、希望為民國以來的《詩經》學研究，勾勒出一些點和線的輪廓。

四、希望能以客觀的立場，重估聞一多《詩經》研究的創說和成就。

〔註4〕參林慶彰先生主編《經學研究論著目錄·上冊》（臺北：漢學研究中心，1987年12月），頁470～471〈詩經研究史·民國〉部份的著錄。

第二節　研究方法

一、關於主題的選擇

　　藍棣之說聞一多「敢於大聲地說出還沒有想成熟的意見，這乃是創造性思維的一大特徵」。由於聞一多的《詩經》著作新義疊出，頗具「於不疑處有疑」的懷疑精神，是以筆者認同藍先生說聞一多具「創造性思維」的讚美。藍先生又說：「從聞一多我們知道，怪論的價值是很高的，怪論與胡說八道、嘩眾取寵或爲怪而怪是完全不同的。……我認爲，那些輕而易舉地抹煞怪論而看不出其中的創見的人，很可能是一些以嚴謹面目出現，實際很平庸的人。這種人若從事行政管理工作，則開創不了新局面；搞學術研究，則只會講些空話和廢話。」（〈論聞一多的創造性思維〉，《聞一多研究四十年》，頁 408、410。北京：清華大學出版社，1988 年 8 月）

　　筆者自認是「很平庸的人」，但寫作這本論文，並不希望以「只會講些空話和廢話」的態度爲之，更不願意成爲「輕而易舉地抹煞怪論而看不出其中的創見的人」。由於對聞一多《詩經》學的評價，前人視之甚高，而筆者卻不以爲如學者所形容的那麼趨於完美，是以更有必要把藍先生的話拿來警惕自己，這也使得我在研究主題的選擇方面，去蕪存菁，只以三個較爲人所傳誦、影響較大，也最足以顯現其說《詩》特色的主題，作爲論述的核心，屬於「小題大作」的論文處理方式。分別論述聞一多援佛洛伊德性學說解《詩》、論《詩經》時代嫁娶正時及探討〈詩·新臺鴻字說〉一文等三個主題。如果通論聞一多《詩經》著作中的新義，由於多而龐雜，不僅筆者力有未逮，且不管是肯定和否定，難免流於泛論，不夠深入，不但難服眾人悠悠之口，恐怕「空話和廢話」正是恰如其分的批評。

　　由於聞一多政治上左傾的角色，使得臺灣學術界對聞一多十分陌生，而在大陸則聲名不墜。海內外以聞一多生平爲主題的專書，就筆者所知道的就有十六種之多，〔註5〕單篇的論文更不知凡幾，〔註6〕其中絕大部份都是在大

〔註 5〕以聞一多的傳記、年譜爲主題的專書有以下幾種：
　　　　1、史靖《聞一多的道路》，上海生活書店，1947 年 7 月。
　　　　2、陳凝《聞一多傳》，民享出版社，1947 年 8 月。
　　　　3、勉之《聞一多》，上海：生活·讀書·新知三聯書店，1949 年 6 月。
　　　　4、史靖《聞一多》，武漢：湖北人民出版社，1958 年 6 月。
　　　　5、梁實秋《談聞一多》，臺北：傳記文學出版社，1967 年 1 月。

陸出版的。這就造成了一種困境：筆者若不交代聞一多的生平大要、求學經歷等等，對臺灣的讀者而言似有所不足；若詳細道來，對大陸研究聞氏的學者、專家而言，又嫌畫蛇添足、多此一舉。在有這麼多的傳記出現，特別是聞一多的長孫聞黎明先生，根據史料加上訪談所得撰成了三十萬餘字的《聞一多傳》和八十四萬餘字的《聞一多年譜長編》後，筆者再來重述聞一多的生平，就顯得了無新義。

　　幾經權衡之後，筆者試圖從辨析聞一多「學者」角色出發，順便帶出聞一多的生平經歷，以及四十餘年聞一多研究的概況。大陸學者在頌揚烈士之餘所造成的迷思，也是此章所企圖要凸顯的。這樣的構思，可突破前面提到的為與不為之間的「困境」，也有了一個很好的議題──筆者深覺在談聞一多

6、王康《聞一多傳》，武漢：湖北人民出版社，1979 年 4 月。

7、余嘉華《聞一多在昆明的故事》，昆明：雲南人民出版社，1980 年 6 月。

8、許芥昱 Wen I-to，Boston Twayne Publishers，1980。

9、許芥昱著、卓以玉譯《新詩的開路人──聞一多》，香港：波文書局，1982 年 6 月。

10、劉烜《聞一多評傳》，北京：北京大學出版社，1983 年 7 月。

11、方仁念編《聞一多在美國》，上海：華東師範大學出版社，1985 年 7 月。

12、劉烜《聞一多》，北京：人民出版社，1986 年 8 月。

13、季鎮淮《聞朱年譜》，北京：清華大學出版社，1986 年 8 月。

14、王康《聞一多頌》，武漢：湖北人民出版社，1987 年 12 月。

15、聞黎明《聞一多傳》，北京：人民出版社，1992 年 10 月。

16、聞黎明《聞一多年譜長編》，武漢：湖北人民出版社，1994 年 7 月。

以上書目大部份參自商金林先生《聞一多研究述評》（天津：天津教育出版社，1990 年 10 月），頁 453～454。又，此書頁 453 將史靖的兩本發表於 1947、1958 年的聞一多傳記都題名為《聞一多的道路》，但頁 323 標題為「史靖的《聞一多》」，註 2 云：「1958 年 6 月湖北人民出版社出版。」同頁又云：「史靖根據 1947 年出版的《聞一多的道路》改寫的《聞一多》是本時期唯一的一本專著。」據此知頁 453 有誤，史靖 1958 年出版的書應名為《聞一多》。又，何達〈當我們在一起的時候〉一文云：「王康不是別人，正是寫過《聞一多的道路》的史靖。」（王康《聞一多傳》卷前，頁 2，坊印本）據此知史靖和王康為同一人。

〔註 6〕何者屬論其生平的論文，恐很難清楚的畫出一個明確的界限。但由徐文斗編〈聞一多研究資料索引〉（《聞一多研究資料・下》，頁 929～1000。太原：北岳文藝出版社，1986 年 7 月）、王德震編〈聞一多研究報刊論文索引・1949～1986〉（《聞一多研究叢刊》第一集，頁 268～294。武昌：武漢大學出版社，1989 年 4 月）以及商金林編〈聞一多研究資料索引選輯〉（《聞一多研究述評》，頁 391～454）所錄，可看出來，就算是採「狹義」的觀點來取捨，論其生平的文章仍非常多，不下百數。

的《詩經》學之前，爲他「學者」的角色定位是有必要的。這是本論文第二章：〈是蠹魚還是芸香？——談聞一多的「學者」角色〉的寫作緣由。

二、關於前人研究資料的搜集與取捨

（一）資料的搜集

由於兩岸對待聞一多的態度不同，在研究的量與觀點上也成爲明顯的對比。在臺灣談聞一多的，就筆者所知，只有二十餘種，有些文章過於簡短，大部份是又都側重在他生平的敘述以及新詩的介紹。〔註7〕所以，筆者亟需仰賴大陸的資料。徐文斗編的〈聞一多研究資料索引〉（《聞一多研究資料‧下》，頁 929～1000）、王德震編的〈聞一多研究報刊論文索引‧1949～1986〉（《聞一多研究叢刊》第一集，頁 268～294）及商金林纂錄的〈聞一多研究資料索引選輯〉（《聞一多研究述評》，頁 391～454），這三種所收著作條目，提供了不少過往學者研究成果的線索，給予筆者很大的方便。特別是商金林《聞一多研究述評》一書，是對 1988 年之前聞一多研究的回顧與檢討，對筆者而言，

〔註7〕 以下諸篇，筆者認爲是臺灣學者研究聞一多的論著中較爲重要的：

1、梁實秋〈談聞一多〉，《傳記文學》，第9卷第2～6期，1966年8～12月。

2、梁實秋〈談聞一多〉，臺北：傳記文學出版社，1967年。

3、蘇雪林〈聞一多的詩〉，《二三十年代作家與作品》，頁110～122。臺北：廣東出版社，1979年冬初版，1980年6月再版。

4、余光中〈聞一多的三首詩〉，《青青邊愁》，頁187～196。臺北：純文學出版社，1977年12月初版，1980年8月第4版。

5、趙制陽〈聞家驊詩經論文評介〉
《孔孟學報》，第42期，頁231～253，1981年9月。又，《詩經名著評介》，頁321～349。臺北：臺灣學生書局，1983年10月。

6、陳芳明〈盛放的菊花——聞一多的詩與詩論〉
《文季》，第1卷第6期（總第6期），頁12～33，1984年3月。又，《典範的追求》，頁163～202。臺北：聯合文學出版社，1994年。

7、呂正惠〈聞一多的成就有多少？〉，《國文天地》，第6卷第1期（總第61期），頁44～48，1990年6月。

8、季旭昇〈評聞一多詩經論著中的古文字運用〉，《經學研究論叢》第二輯，頁211～252。臺北：聖環圖書公司，1994年10月。

9、邵玉銘〈爲何「千古文章未盡才」？——論聞一多的詩與政治〉（1～4），《聯合報》，第37版，1995年1月8～11日。

趙先生之作，是研究聞一多《詩經》學的力作，有比較多的批評和質疑；季先生之作則是目前唯一討論聞一多古文字的文章。沒有政治的包袱和褒貶的心態存乎其間，又是這兩篇共同的優點。

更是由陌生過渡到熟悉最好的橋樑。

經學類的資料則多仰仗林慶彰先生主編的《經學研究論著目錄（1912～
1987）》一書。再加上筆者自 1993 年初起始，參與編纂《經學研究論著目錄‧
續編（1988～1992）》（臺北：漢學研究中心，1995 年 6 月出版），也得以一併
留心與論文主題相關的訊息，因此，在資料的掌握上，應不致由於地緣的因
素而有所不足。

（二）資料的取捨

在資料的運用方面，筆者首重聞一多的原著——如書信、文章等等。或
有援用到後人所撰的資料時，筆者以審慎的態度加以篩選。譬如在十餘本的
傳記類的書中，除聞黎明先生的《聞一多傳》、《聞一多年譜長編》因晚出資
料詳備，常置於案頭備查外，筆者捨棄其餘，援引時特重季鎮淮的《聞朱年
譜》、梁實秋的《談聞一多》以及許芥昱的《新詩的開路人——聞一多》。主
要的原因是：季先生之文，作成最早，原作於 1948 年 3 月，且附於開明版《全
集》之前，不管是就歷史性或流傳的普遍性而言都不應忽視。梁實秋是聞一
多始自清華學校的好友，從現存聞一多致梁實秋書信的內容和數量，都可想
見兩人情誼之深，〔註8〕雖然抗日戰爭發生後，兩人的政治立場逐漸分歧，但
可貴的是，梁實秋在聞一多死後二十年再來寫這個老朋友的時候，並沒有因
為政治立場的不同，及當時置身於與中共對立的臺灣，而對聞一多有情緒性
或不公平的形容，從他的筆端，我們不但看到聞一多鮮活的形象，也讀到他
對老友的懷念和感情。許芥昱是聞一多在西南聯大時曾相處過一陣子的學
生，對於聞一多也有一份感念，且由於移居美國，較能自外於大陸和臺灣兩
個敵對的陣營中，立場較超然。這三種著作共同的優點是沒什麼火藥味，也

〔註 8〕 新《全集》第 12 冊所收錄的書信共有 213 封，致梁實秋的信有將近四十封之
多，集中在 1922 到 1926 年間。1923 年 4 月 8 日，聞一多從美國寫信給聞家
駟，抱怨家書罕得，云：「客居萬里者，除接家信外，更無樂事。家書不可得，
則望友書。有友如實秋，月為三四書來，真情勝於手足矣。」（新《全集》，
第 12 冊，頁 167）「情勝手足」，誠非虛言，讀《談聞一多》也約略可感受到
此種交情。如果不是兩人在美國時，曾在珂羅拉多（珂泉）共處一年，回國
後又有在青島大學共事等經歷，來往的書信應不止於此。在梁實秋後來所作
的憶舊文中，屢屢提到聞一多。如：〈酒中八仙——記青島舊友〉（《大成》，
第 102 期，頁 47～49，1982 年 5 月），《秋室雜憶》（臺北：傳記文學出版社，
1985 年 3 月再版）一書中的〈清華八年〉、〈琵琶記的演出〉、〈憶「新月」〉等
文中，也屢見聞一多的蹤影。

不會怵目皆是革命的口號、勢不兩立的政治意識。當然，這也是由於筆者研究的主題是聞一多的古典學術成就，較不關乎政治，故有以上的取捨。〔註9〕

陸耀東曾指出，在聞一多過世後，許多追悼、紀念的文章陸續發表，這些回憶錄足資研究之用，「絕大多數回憶錄作者是嚴肅認真的，即使失誤也是無意中造成」，但卻有少部份的學者有意地作偽，〔註10〕所以他強調「研究者

〔註9〕或有讀者會認為筆者正文中提到的三種著作的特色，也不甚了了。如果看過其它大陸學者所寫的傳記，特重聞一多晚年的政治活動，巨細靡遺的描述鬥士的聞一多，差不多用了一半以上的篇幅敘述思想改變後四、五年的情況，並加上很多對聞一多的頌揚、讚美，對國民黨強烈的詬罵和詆毀……有了比較，方才會覺得這三本書的難得。

筆者如此取捨，並非出於維護國民黨的用心，部份臺灣學者所作的「國民黨本位」的文章，筆者同樣不取。缺乏理性分析、充滿情緒性的謾罵，把聞一多絕對化、標籤化的敘述，無疑的正是學術論文要求客觀公正的最大陷阱。熱情愛國的聞一多藉著梁實秋筆端還魂，卻在叫囂的口號、教條中逐漸褪色。這些某個年代特殊環境下的思想意識，將會逐漸被修正。這不是筆者憑空的預期，如1990年出版的商金林《聞一多研究述評》，對1949年至1966年間的聞一多研究就有如是深刻的反省和批評：

> 這一時期聞一多研究的總的趨勢：強調為現實服務，視野越來越窄。在綜合研究中，突出了思想發展和思想轉變的研究，並將聞一多思想演變的複雜過程簡單化地歸為接受了中國共產黨的影響，「接受了馬列主義、毛澤東思想」的結果。（頁324）

陸耀東在〈新時期聞一多研究的回顧與展望〉文中，不諱言的指出聞一多的不足，如晚年「對革命忠誠仍缺乏政治家的素養和策略」，對傳統文化等的看法有一百八十度轉變，但有時又「不免簡單、片面、偏激」。這樣直接的指出聞一多的不足，在以往的研究著作中並不多見。他在談及聞黎明先生的《聞一多傳》時，稱道此書「廣徵博引回憶錄外，還訪問了許多與聞先生有過交往的人」，「在資料上有不少新的內容」。但對聞黎明先生在〈後記〉中說：此書比較側重聞一多「在政治方面的思考與活動，對於文學、學術、教育諸方面的成就，我也多從這個角度去觀察。」這樣的寫作策略，陸先生說這正是此書的特長，但「也是它的局限性所在」。並云：

> 中國現代有強烈愛國主義精神並以身殉國者，至少以百萬計，而聞先生之所以值得我們研究，為之寫傳，除了政治原因外，也還因為他是中國現代最優秀的詩人之一，又是大師級學者。

由這兩位學者對聞一多研究情況的批評和反省，可感覺到隨著時代的進步、政治風氣的改變，學者已逐漸意識到以往研究中的專斷與激情，也注意到要把眼光從政治的圈子裡解放出來，這是我們從近幾年發表的文章中可看出的新趨勢。

〔註10〕伍大希〈追隨一多先生左右〉一文（《新文學史料》，1983年第3期，頁190～195轉頁189，1983年8月），內容疑竇甚多，王子光曾作〈對「追隨一多先生左右」一文的訂正〉（《新文學史料》，1984年第2期，頁187～188轉頁

對待『活材料』，須特別謹慎。」（〈新時期聞一多研究的回顧與展望〉）不提有意作僞者，就算是「嚴肅認眞」回憶聞一多的人，在回憶中都不免反映出時代的影子和一己的願望，其實已經重新詮釋歷史了，並不只無意中的失誤而已，如同義大利哲學家克羅齊（Benedetto Croce）所說：一切歷史都是「當代史」。〔註11〕所以我們在看待詮釋者所描述的聞一多時，把這樣的聞一多和死於 1946 年的聞一多等同起來是非常危險的。以下，有一個很好的教訓。

楚圖南所作的〈記和華崗同志在一起工作的日子〉一文（原載《文史哲》，1980 年第 4 期），曾描述了他與華崗共事時，周恩來指示要爭取聞一多，他們兩人遂與聞一多交涉的經過。朱文長〈聞一多是如何成爲「民主鬥士」的？〉一文（《傳記文學》，第 38 卷第 5 期，頁 20～26，1981 年 5 月），爲昭公信，全錄了楚圖南之文，文末評曰：

> 從這篇文章中看出來聞一多是周恩來精心選擇出來的統戰對象。正因爲聞一多曾是胡適之、徐志摩、梁實秋的朋友，十足的小資產階級，一旦肯出面以「民主鬥士」外衣爲中共呼喊，就更顯得有力，更顯得國民黨「不孚人望」了。

這裡，在朱文長先生看來，是周恩來善於盤算，聞一多只是被算計的對象，還難以指斥其非。〈記和華崗同志在一起工作的日子〉一文中，楚圖南對當年介紹聞一多和華崗相見的情況有如是的形容：

> 我去看他，向他表明，有一位中共方面的朋友想來看他，聞先生立即熱情地表示歡迎，甚至還急不可待地想會見這位朋友。這以後，華崗同志和聞一多之間有過多次開誠佈公地促膝長談。……終於……成爲我們的同志、戰友，以至於爲民族解放和人民革命事業獻出了生命。

186），對該文加以辨正，陸文中所指即此。此外，楊立德作〈對「用聞一多先生的鮮血寫成的條幅」的質疑〉（《雲南師範大學哲學社會科學報》，1992年第 3 期，頁 96，1992 年 6 月），乃針對刊登在《人民日報》上的〈用聞一多先生的鮮血寫成的條幅〉一文而發，對該文許多與事實不符的敘述加以質疑。這些都是「活材料」有失眞之虞的最佳例證。

〔註11〕轉引自愛德華‧哈萊特‧卡耳著、王任光譯《歷史論集》（*What is History？*），頁 14。臺北：幼獅文化事業公司，1968 年 12 月初版，1977 年 4 版。卡耳申述其意云：「歷史原是用現在的眼光，依照現在的問題，來觀察過去；歷史家的主要任務不在記錄，而在評價；否則，他就無從知道該記錄些什麼了。」（同上）

朱文長說「蒼蠅不爬沒有縫的蛋」，說楚圖南寫出當時「聞一多的熱中猴急的樣子」，用了兩個蘊含貶意的比喻。又說：「到今天我們才明白，所謂當年的『民主鬥士』，不過是被周恩來及中共地下領導分子玩於股掌之上的一個傀儡而已。」

　　楚圖南所描述的是否準確呢？文章發表時，聞一多、華崗已死，無法與之對質。「急不可待」是聞一多真實的表現或是楚圖南主觀的感覺？作為聞一多生前的同志、朋友，可以想見的是楚圖南在這麼寫聞一多時，是為了頌揚他對共產黨的認同，塑造他成為革命的典範，如果有加油添醋的話，那也是出於一片好意。沒料到一句「急不可待」的形容，在另一種政治立場的人看來，正足以陷聞一多入罪、顛覆了「民主鬥士」的美名。類似的情況，還不只一次發生，〔註12〕走筆至此，不禁為聞一多感到悲哀。

　　韋政通先生說：民國初年，孔子幾乎是以一個反面的角色存在著的，這正是「過去對孔子的價值和地位做無限制的附麗而帶來的反動」。他又說：「不祇是對孔子，對任何一個人，如過分誇大了他的功績，反對者就自然會將他不應該負責的過失要他去承擔。」（《中國思想史·上》，頁90。臺北：水牛圖書公司，1991年9月）殷鑑不遠，這恰是對大陸許多熱愛聞一多的學者最好的叮嚀。一些出於美意的頌揚、附麗，正可能是聞一多的另一種負擔。如果能透視其中的弔詭，在評述時當能有更好的取捨，不必把聞一多捧得太高，也不該根據一些疑似之間的資料，就要聞一多擔負他所不該擔負的。而「盡可能根據原始的直接文獻和史實恢復其歷史適當的地位」（同上），這應是我們要努力的共同方向。

〔註12〕如劉紹唐〈朱文長教授「聞一多是如何成為『民主鬥士』的？」大文讀後的幾句話〉（《傳記文學》，第38卷第5期，頁21～24，1981年5月），寫作手法相同，除楚圖南一文外，又兼引了王康《聞一多傳》之言，這些頌揚的話，到了劉先生的文章中，都成了貶損、奚落的把柄。

第二章　是蠹魚還是芸香？——談聞一多的「學者」角色

第一節　詩人・學者・鬥士

　　聞一多（1899～1946），湖北省蘄水縣巴河鎮人，初名亦多，族名家驊，入清華學校時改名單字「多」，五四運動後又改名爲「一多」。朱自清說他這輩子是詩人、是學者、也是鬥士。由 1925 年參加《晨報》的詩刊，到 1929 年任教青島大學，可說是他的詩人時期；〔註1〕以後到 1944 年參加昆明西南聯合大學的五四歷史晚會，可以說是他的學者時期；再接著的兩年，至 1946 年 7 月 15 日遭槍擊暗殺而死，是他的鬥士時期。而在每個階段，他都是雜糅著詩人、學者、鬥士性格爲一體的出色人物（開明版《聞一多全集・序》）。〔註2〕

〔註 1〕　對聞一多的一生用詩人、學者、鬥士三階段來劃分，自朱自清一倡，已普獲學者認同。筆者也同意這樣的劃分很有概括性，他這一生確實是由這三個角色交織而成的。但較無法認同的是作爲詩人的聞一多怎麼會始自民國 14 年（1925）？

　　　　據許毓鋒作〈聞一多著譯繫年目錄〉來考察（《聞一多研究資料・下》，頁 867～915。太原：北岳文藝出版社，1986 年 7 月），1920、21 年還就讀於清華學校時，聞一多就發表了不少的新詩和新詩評論。1921 年 7 月赴美，聞一多最具代表性的愛國詩大都成於此時，可說是「詩人」的鼎盛時期。又，1922 年清華文學社出版了聞一多、梁實秋合著的《冬夜草兒評論》，1923 年 9 月上海泰東書局出版了詩集《紅燭》，這些成績皆足以證明在 1925 年之前，聞一多早已是一個道地的詩人了。

〔註 2〕　《聞一多全集》共四冊（上海：開明書店，1948 年 8 月），該《全集》卷首有郭沫若、朱自清序各一篇，及聞一多事略、季鎮淮主編的〈年譜〉。接著依序是《甲集・神話與詩》、《乙集・古典新義》、《丙集・唐詩雜論》、《丁集・詩與批評》、《戊集・雜文》、《己集・演講錄》、《庚集・書信》、《辛集・詩選與

　　作爲詩人的聞一多，倡格律詩、出版了《紅燭》、《死水》兩部詩集；學者時期的聞一多爲期雖只有十五年左右，然研究的領域由唐詩、樂府的探討，上溯到《楚辭》、《詩經》、《莊子》、《周易》、神話甚至甲骨、金文，涵蓋層面之廣、研究方法和成果的突破，都是令人矚目的。朱自清說聞一多校勘古書的成就「駸駸乎駕活校的高郵王氏父子而上之」。〔註3〕郭沫若說在古籍方面聞一多實實在在下了驚人的工夫，並讚云：「他那眼光的犀利，考索的賅博，立說的新穎而翔實，不僅是前無古人，恐怕還要後無來者的。」（開明版《聞一多全集・序》）而短短的兩年鬥士生涯，倡言民主，招來橫禍，除一死震驚中外，至今猶讓不同政治立場的學者有褒、貶兩種極端殊異的評價。

　　西南聯大時期，勤於治學的聞一多守著樓上的書齋，贏得了「何妨一下樓主人」的封號，學術上卓有成就的他，晚年熱衷於政治運動而下樓作獅子吼時，爲自己十五年的學者生涯作了辯解，強調他不是蠹魚，而是殺蠹的芸香。

第二節　蠹魚與芸香

　　1943 年聞一多得意的學生也是出名的詩人臧克家，寫信對學者的聞一多深致不滿，11 月 25 日，聞一多回信言道：

> 在你所常詛咒的那故紙堆內討生活的人原不只一種，正如故紙堆中可討的生活也不限於一種。你不知道我在故紙堆中所做的工作是什麼，它的目的何在，……經過十餘年故紙堆中的生活，我有了把握，看清了我們這民族、這文化的病症，我敢於開方了。……你想不到我比任何人還恨那故紙堆，正因恨它，更不能不弄個明白。你誣枉

校箋》，後附吳晗的〈跋〉和朱自清〈編後記〉。

後來不管大陸或港臺出版的聞一多原典，大抵都是據 1948 年的開明版影印而成。近年，臺灣較常見的開明版影印本有：《神話與詩》（臺北：里仁書局，1993 年 9 月）、《詩選與校箋》（臺北：九思出版社，1978 年 2 月）、《古典新義》（臺北：九思出版社，1978 年 2 月）。聞一多遭暗殺後，由於全集編纂匆促，另有聞一多若干作品及遺稿未及整理收入，現已由武漢大學聞一多研究室整理出來，編纂成新的《聞一多全集》計 12 冊，1993 年 12 月湖北人民出版社出版。爲避免混淆，行文時分別冠以「開明版」、「新」字以分別之。

〔註3〕引自朱自清〈中國學術的大損失——悼聞一多先生〉一文，原載《文藝復興》，第 2 卷第 1 期，1946 年；收錄於《聞一多研究四十年》（北京：清華大學出版社，1988 年 8 月），頁 97～99。

了我，當我是一個蠹魚，不曉得我是殺蠹的芸香。雖然二者都藏在
書裏，他們作用並不一樣。（新《聞一多全集》，第 12 冊，《書信》，
頁 380～381。武漢：湖北人民出版社，1993 年 12 月。以下出處同
此者，但標頁數）

信中還說近年在聯大的圈子裡他聲音喊得很大，慢慢地要向圈子外喊去；說
自己雖長年埋首書堆，但他比誰都恨那故紙堆，沈浸其中是爲了要爲這民族
和文化的病症尋找解藥，所以他不是蠹魚而是芸香。

隔年，1944 年的 5 月 3 日晚上，在昆明的聯大新舍南區十號教室裏，曾
經舉行過一次五四歷史座談，朱自清就是根據這個座談將聞一多學者與鬥士
的生涯劃開的。在座談的紀錄中，周炳琳、張奚若等人發言之後，聞一多他
接著說：

> 方才張先生說五四是思想革命是正中下懷，……但是你們現在好像
> 是在審判我，因爲我是在被革的系──中文系裏面的。但是我要和
> 你們裏應外合！……愈讀中國書就愈覺得他是要不得的，我的讀中
> 國書是要戳破他的瘡疤，揭穿他的黑暗，而不是去捧他。……封建
> 社會是病態的社會，儒學就是用來維持封建社會的假秩序的。他們
> 要把整個社會弄得死板不動，所以封建社會的東西全是要不得
> 的。……中文系的任務就是要知道它的要不得，才不至於開倒車。（新
> 《全集》，第 2 冊，〈五四歷史座談〉）

當了十幾年的中文系教師，此際卻說中文系是應該被革的系；並用了一連串
的「要不得」，將以往他所鑽研、所熱愛的對象重重的打倒。郭沫若據此而言
聞一多的治學態度是「爲著要得虎子而身入虎穴，決不是身入虎穴去爲虎作
倀」，他「鑽進『中文』──中國文學或中國文化──裏面去革中文的命。……
他搞中文是爲了『裏應外合』來完成『思想革命』」（開明版《聞一多全集‧
序》）。又說聞一多：

> 他雖然在古代文獻裏游泳，但他不是作爲魚而游泳，而是作爲魚雷
> 而游泳的。他是爲了要批判歷史而研究歷史，爲了要揚棄古代而鑽
> 進古代裏去刳它的腸肚的。他有目的地鑽了進去，沒有忘失目的地
> 又鑽了出來，這是那些古籍中的魚們所根本不能想望的事。（開明版
> 《聞一多全集‧序》）

有了聞一多的自白，再加上郭沫若的旁證，似乎可作爲學者的聞一多是「芸

香」的鐵證了，這樣的看法也普遍受到大陸方面的學者認同、援用。然而，除了他晚年成為鬥士後所作的雜文外，聞一多其它的學術著作中，我們卻看不到他在故紙堆裡殺蠹魚、剖腸肚、取虎子的舉動。到底作為學者的聞一多是芸香、是魚雷？亦或是魚兒、是蠹蟲？在武漢大學聞一多研究室立足於開明版《全集》的基礎，加上後來發現的著作以及所留下的遺稿整理出新的《聞一多全集》後，以下，我們將據最新、最全面的史料，用客觀態度來重探聞一多的「學者」角色。

第三節　美術與文學

　　聞一多在清華就讀時，已略有文名。《清華週刊》裡常刊登他的詩作和評論文章，「在清華園裡，他是大家公認的文藝方面的老大哥」（梁實秋《談聞一多》，頁 8。臺北：傳記文學出版社，1967 年 1 月初版，1987 年 7 月再版）。1922 年清華畢業，回湖北的家鄉等待出國，6 月 22 日他寫信給梁實秋：

> 〈李白之死〉竟續不成，江郎已嘆才盡矣！歸來已繕畢《紅燭》，……
> 校訂增廣〈律詩底研究〉，作〈義山詩目提要〉，又研究放翁，得筆
> 記少許。暇則課弟、妹、細君及諸侄以詩，將以「詩化」吾家庭也。……
> 附奉拙作〈紅荷之魂〉一首，此歸家後第一試也。我近主張新詩中
> 用舊典，於此作中可見一斑。尊意以為然乎哉？（頁 38）

信中和梁實秋討論他的新詩創作、新詩集和古典詩歌的研究，臨到要出國學美術之際，聞一多還「滿腦子的是詩，新詩，中國的舊詩。」（《談聞一多》，頁 16）

　　1922 年 8 月方抵美國尚未開學，致父母親信中提到：「現已作就陸游、韓愈兩家底研究，蠅頭細字，累紙盈寸矣。」並說明為什麼要研究這兩家詩人，同時表現出對前途的徬徨：

> 我現在所從事之著作乃以為將來歸國教授之用，惟每念及此，輒為
> 心憂。我在此習者，美術也，將或以美術知名於儕輩。歸國後孰肯
> 延我教授文學哉？求文學教員者又孰肯延留學西洋者教中文哉？我
> 既不肯在美棄美術而習文學；又決意歸國必教文學，於是遂成莫決
> 之問題焉。（頁 49）

還沒開始在芝加哥美術學院上課，卻早已下決心要以教中文為職，並開始做

陸游、韓愈詩研究，為擔任文學教員做預備。往後雖也有對美術深具信心的時候，如在芝加哥美術學院就讀了一月餘後，1922 年 10 月 15 日致聞家騄、聞家駟信中說道：「我進此專門學校後，益發對於自己的美術底天才有把握了，只要給我相當的時間，我定能對於此途有點成就。」（頁 99）而美術總是不敵文學，信中接著說道：「我現在對於文學的趣味還是深於美術。我巴不得立刻回到中國來進行我的中國文學底研究。我學美術是為幫助文學起見的。」同一封信中又提到籌印個人的新詩集《紅燭》和所作的〈冬夜評〉擬與梁實秋的〈草兒評〉合印成單行本，為的是未雨綢繆，因為「我決定歸國後在文學界做生涯，故必需（須）早早做個名聲出去以為預備」。（頁 100）

半個月後，10 月 28 日，致父母親信中說的仍是同樣的心聲：

> 我急欲歸國更有一理由，則研究文學是也。恐怕我對於文學的興味
> 比美術還深。我在文學中已得的成就比美術亦大。此一層別人恐不
> 深悉，但我確有把握。（頁 109）

隔年，1923 年 2 月 10 日，致父母親信又云：「我將來回國當文學教員之志益堅。」（頁 143）在繪畫與文學之間，曾有一點點的猶豫，而文學始終居於上風，在留美初期的書信就已展露出這樣的決心了。

我們回顧這些信中所談到未來就業棄美術取文學的動機，無非是興趣與能力兩樁而已。聞一多再三的說急欲歸國做中國文學的研究、說「對於文學的興味比美術還深」，很有自信的保證在文學中已得的成就也比美術大。據此，我們可以肯定他立志成為中文教員、成為一名學者初，並沒有要化身為「芸香」、「魚雷」的抱負，純粹是出於興趣與能力兩種因素的考量。

第四節　夙志與生計

1925 年將從美國回來時，寫信給梁實秋，說道：「此次回國並沒有什麼差事在那裡等著我們，只是跟著一個夢走罷了。……此行可謂 Heroic 矣！」（頁 224），附有舊詩云：「六載觀摩傍九夷，吟成鈌舌總猜疑。唐賢讀破三千紙。勒馬回繮作舊詩。」（頁 222）讀來總有點蕭索，出國之初對未來就業的傍徨，此時一一浮現上來。

回國後一度就任北京藝術專科學校——如果順利的讓他一直擔任此職，在美術的圈子裡流連，或者聞一多將以他的美術成就揚名於世。不料，待了

一年後，於 1926 年的暑假因故去職。接著擔任過武漢總政治部藝術股股長、
吳淞政治大學的訓導工作及在南京土地局中任職，然而總是人地不宜。梁實
秋說這段時間，聞一多「百無聊賴」，「總是栖栖皇皇不可終日」。(《談聞一多》，
頁 78)

　　1927 年的暑假後，國立第四中山大學開學，聘聞一多爲外文系教授兼主
任。「第四中山大學」的前身即是國立東南大學，後來又改稱爲中央大學。至
此，聞一多才有了一個比較穩定的棲身之處 (《談聞一多》，頁 78)。聞一多留
美時，雖然在科羅拉多大學曾與梁實秋一同選修過英美現代詩等課程 (《談聞
一多》，頁 29)，任教的這一年在《新月》雜誌上也有不少譯詩發表，然而，
梁實秋說：

> 一多對於英詩，尤其是近代的，有深刻的認識，但是對於整個英國
> 文學背景並沒有足夠的了解。我想他在南京中央大學的一年，雖然
> 英美詩戲劇散文無所不教，他內心未曾不感到「教然後知不足」的
> 滋味。(《談聞一多》，頁 79)

　　立志當中文教員是在美國早已有了的夙志，回國後既沒有在美術的圈子
裡久留，擔任外文系的課程又有「教然後知不足」的滋味，是以隔年轉任武
漢大學文學院院長兼教授後，〔註4〕聞一多開始專攻中國文學也成了必然。再
加上 1930 年秋後擔任青島大學文學院院長兼國文系主任、1933 年轉任清華大
學中文系教授，一直到過世時，他掛的都是中文系教授的頭銜，「甩去文學家
的那種自由欣賞自由創作的態度，而改取從事考證校訂的那種謹嚴深入的學
究精神。作爲一個大學的中文教授，也是非如此轉變不可的。」(《談聞一多》，

〔註 4〕 開明版《全集》前附的季鎮淮所撰年譜 1928 年之下，以及梁實秋《談聞一多》
頁 79 處皆云聞一多是轉任武漢大學「文學院長兼中文系主任」，學者相沿此
說。季先生在《聞朱年譜》中（北京：清華大學出版社，1986 年 8 月），修正
爲：「任國立武漢大學文學院院長兼外文系主任。」（頁 25）乃是根據程千帆
先生〈關於胡適和聞一多〉一文的考訂。程文云：「聞一多在武大是外文系教
授，並不在中文系，也不是主任，……舊的《國立武漢大學一覽》所載該校
〈大事記〉可考。」（《新文學史料》，1980 年第 2 期，頁 278）唐達暉先生〈聞
一多在武漢大學事跡的幾點考辨〉一文又據史料加以辨正，而得出聞一多任
「文學院院長」、「教授」的結論，並云當時草創之初，尚未設「系主任」一
職，「人事上還沒有系一級的正式編制，統一屬於學院」，所以聞一多只能說
是「文學院教授」，不好分中文系或外文系。該文載於《武漢大學學報》（哲
學社會科學版），1994 年第 6 期（總第 215 期），頁 32～35，1994 年 11 月。
論證詳實，筆者正文從其論。

頁 79）梁實秋如是說，聞一多自己也有自知之明，1926 年冬，致饒孟侃信中他早預告了「詩人」轉爲「學者」的先兆：

> 別後詩思淤塞，倍於昔時。數月來僅得詩一首，且不佳。惟於中國文學史，則頗有述作。意者將來遂由創作者變爲研究者乎？（頁 237）

就如同在中央大學外文系授課時，教學相長在《新月》發表譯詩一樣，是夙志也是爲了生計，爲了更稱職的當一個中文系教授，鑽進故紙堆裡成了不可免的事。我們明顯的感覺到聞一多的學術論文主題和他授課的課程是呼應的，作爲一個學者的他，在《詩經》、《楚辭》、神話、唐詩方面所寫的學術著作最爲可觀，這些也正是他在中文系裡最常開的課程。在聞一多 1933 年 7 月 2 日致《楚辭》大家游國恩的信裡，我們可以對他鑽進故紙堆裡的動機看得更明白：

> 弟下年講授《楚辭》，故近來頗致力於此書。間有弋獲，而疑難處尤多。屢欲修書奉質，苦於無著手處。今得悉　大駕即將北來，……惟盼將　大著中有關《楚辭》之手稿盡量攜帶，藉便拜誦。他無所需也。（頁 259）

爲了下年度要講授《楚辭》「故近來頗致力於此書」，而一系列的《楚辭》著作也從 1934 年起始陸陸續續發表了出來。因爲興趣而當中文教員，因教授之需自然而然地成爲研究的學者，這是我們從他的書信中可以顯然看到的。

1933 年 11 月，致游國恩信中討論了清代的考據札記：

> 清代大師札記宜多涉獵，以其披沙揀金，往往見寶也。……近讀易實父《經義莛撞》，內論《毛詩》數條，精悍絕倫，雖王氏父子未可多讓。信乎才人能事，無施不可。（頁 270）

1933 年 9 月 29 日，致饒孟侃信中，談到他正在進行和預計中的工作包括：《毛詩》字典、《楚辭》校議、《全唐詩》校勘記、《全唐詩》補編、全唐詩人小傳訂補、全唐詩人生卒年考附考證、杜詩新注、杜甫傳記等八項計劃（頁 265～266）。聞一多讚嘆清代考據的成果，且八種計劃中的工作都不是義理的研究，異文校勘、補編、考訂、注箋的工作，字典、傳記的編寫，每一樁都要有紮紮實實的考據功夫，都需要潛藏在故紙堆裡探索。這樣的研究路線，何來「爲了要批判歷史而研究歷史，爲了要揚棄古代而鑽進古代裏去剖它的腸肚」（郭沫若語）的可能？如果埋首古籍、將自己囚禁在書齋裡不問時事就是所謂的「蠹魚」，那聞一多此際眞是個標準的「蠹魚」，梁實秋說的，作爲

一個中文教授，非如此不可。假使沒有「蠹魚」這個階段，何足以名之為「學者」呢？

如果再仔細往書信裡尋覓，在思想轉變前四、五年，他隨著長沙臨時大學遷滇，妻兒寄住在湖北的老家，聞一多寫回去的家書中，告訴弟弟聞家駟、兒子立鶴、立雕要加強中文、致力國學，跟祖父多讀舊書、《四書》，〔註5〕這些正是後來在五四歷史座談中他所謂的「要不得」的東西。倘若向來是以「殺蠹」為職的，怎麼會殷殷地叫子弟讀這些「要不得」的東西呢？

在 1943 年底回復臧克家的信時，他的思想已開始轉變，當臧克家指責他窮守書齋時，以前作為學者的表現，此際讓他頗感到尷尬，在掛不住臉之餘，只得說他研讀古書並不是如同一般的學究，是別有用心存在的，說他在故紙堆裏鑽研是為了這民族、這文化的病症開方。實則這是一種遁辭，如果他肯坦白承認，當時他的心情應與後來 1946 年 2 月 22 日致聞家騄信中所說的一樣：

> 曩歲耽於典籍，專心著述，又誤於文人積習，不事生產，羞談政治，
> 自視清高。抗戰以來，由於個人生活壓迫及一般社會政治上可恥之
> 現象，使我恍然大悟，欲獨善其身者終不足以善其身。兩年以來，
> 書本生活完全拋棄，專心從事政治活動。（頁 402）

「耽於典籍」、「羞談政治」、「自視清高」、「獨善其身」這些學者時期的行為，都是鬥士的他所否定的。「恍然大悟」後，他開始高聲疾呼，從西南聯大一直向外喊去；他開始熱衷政治運動，演講、寫雜文來宣揚他的民主思想。如果說聞一多曾化身為「芸香」、「魚雷」，做了「批判歷史」、「揚棄古代」的工作的話，那該是他成為鬥士之後所寫的雜文，如〈關於儒·道·土匪〉、如〈什麼是儒家〉等文章。1943 年、44 年回臧克家的信中所說，及五四歷史座談的

〔註 5〕1938 年 5 月 5 日，致父母親信：
鶴雕兩兒來函云現方從大人讀書，甚感興趣，……殊可喜也。男意目前既
不能學算術，則專心致力中文，亦是一策。惟欲求中文打下切實根底，則
非讀舊書不可。……駟弟方致力國學，經史理宜並治，倘能同時讀《四書》，
遇有新解時，亦不妨對兩兒隨時加以指示，如此兩兒受益，誠不待言，對
駟弟或亦可增加讀經之興趣也。（新《全集》，第 12 冊，《書信》，頁 329）
1938 年 5 月，致聞立鶴、聞立雕信云：
上次寫信給　祖父，請教你們讀《四書》，不知已實行否。在這未上學校
的期間，務必把中文底子打好。我自己教中文。我希望我的兒子在中文
上總要比一般強一點。（同上，頁 332）

發言，可以用來作爲他鬥士時期的思想參照，可以用來和此際所作的批判文字並觀，卻不宜用來詮釋早期作爲學者的聞一多，這在史料的運用上是必須分清楚的。

　　還應該留意的是，猶如成爲學者的聞一多，新詩的創作漸成絕響好多年才寫出一首〈奇蹟〉一樣，在聞一多成爲鬥士之後，學者的成份已逐漸蕩然。1944 年 9 月 25 日，致嫡堂弟聞亦博的信中倡言今日國家百孔千瘡，乃因無眞正的民主政治，須待我輩爭取，並云：

> 兄食口較眾，前二三年，書籍衣物變賣殆盡，生活殊窘，年來開始
> 兼課，益以治印所得，差可糊口，然著述研究，則幾完全停頓矣。（頁
> 393）

兼課、刻印補貼家計，加上政治運動，所以 1944 年時，他著述研究的工作幾乎停止了。1946 年 2 月 22 日，致聞家駟信中又說：

> 兩年以來，書本生活完全拋棄，專心從事政治活動……昔年做學問，
> 曾廢寢忘餐，以全力赴之，今者興趣轉向，亦復如是。……大部分
> 時間，獻身於民主運動。（頁 402～403）

這裡提到興趣轉向後，兩年來廢寢忘餐地獻身民主運動，「書本生活完全拋棄」。我們從他的著作中來觀察，晚年時以雜文時論最盛，轉爲鬥士後所發表的學術著作顯然少得多。〔註6〕當初作爲學者是因爲興趣、能力與生計，不是有志要成爲存在古籍裡的魚雷；成爲鬥士以「芸香」自期時，卻已不在故紙堆中游泳了，如此，又怎能「殺蠹」呢？這個矛盾是很顯然的。

第五節　頌揚與迷思

　　既然聞一多的「芸香」論有矛盾，而且是很顯然的矛盾，然而四十餘年，許多研究聞一多的學者，對這樣的解釋竟然能不致疑，文章中提到聞一多古典文學的研究、談到他學者的角色，十之八九總要把聞一多的「芸香」說和郭沫若的「魚雷」說複述一遍，然後表示深有同感。例如研究聞一多頗需參考的重要著作：商金林先生的《聞一多研究述評》（天津：天津教育出版社，

〔註6〕從許毓峰〈聞一多著譯繫年目錄〉中來考察，1944 年後，明顯的時論性的雜文遠較學術論文爲多，學術論文發表的量遠不如學者時期。且這些學術論文可能是據舊稿刪改、補充而成，以此際發表的〈說魚〉和〈詩經的性慾觀〉、〈高唐神女傳說之分析〉等早些的論文比較，即可明瞭。

1990 年 10 月），轉述了尚土〈痛憶聞師〉一文（《人物》，第 2 卷第 9 期，1947年 9 月 15 日），云：

> 他研究古書，「不像別的學究附庸風雅，玩弄小擺設」，而是「以入地獄的宗教精神來解剖古堡的內幕」，「在摧毀的廢墟」上「除舊布新」。（《聞一多研究述評》，頁 255。引者按：引號為原書所加，下同）

儼然是把學者的聞一多視作「革命家」——最起碼讓讀者產生這樣的錯覺。該書又參錄了馮契〈憶佩弦先生〉一文的說法（《時與文》，第 3 卷第 18 期，1948 年 8 月 20 日），云：

> 抗日戰爭的烽火，使「不談政治」、「只談考據」的聞一多走出了象牙之塔，思想上發生巨大的改變。在西南聯大時，聞一多雖然仍舊是「在叢書、類書、經解、注疏……的圍困之中，做著『抱殘守缺』的工作」，「考證伏羲是個葫蘆，女媧是個瓜」，而心裡想的卻是不能當「蠹蟲」，要做「殺蟲的芸香」，為了批判歷史而研究歷史，為了要揚棄古代文化才鑽進故紙堆，為了「裡應外合」來完成「思想革命」的任務才研究「中文」，這就是聞一多與「舊式的或新式的衛道士」的區別。（《聞一多研究述評》，頁 254）

說學者的聞一多被古文獻圍困，「做著『抱殘守缺』的工作」，然其主要目的是要殺蟲、要完成思想的革命等等，這不都是「芸香」說、「魚雷」說的翻版？

　　為什麼會形成這種詮釋聞一多學者角色的盲點呢？當然史料的不足是原因之一。研究聞一多最重要的資料是他自己的話，諸如著作、信件等等。1946年他遭暗殺而死以後，1948 年朱自清等人纂成的開明版《聞一多全集》，只收了信件 38 封（按：新《全集》收錄 213 封），不巧的，回覆臧克家的信被收了；《己集·演講錄》中也收了〈五四歷史座談〉一文，《戊集·雜文》中〈什麼是儒家〉、〈關於儒·道·土匪〉等可以支持「芸香」說的文章也被收錄了。早期聞一多立志選擇中文教員為業的書信卻罕少載錄，因此，容易讓人相信學者的聞一多是殺蟲的芸香。

　　「罕少」並非沒有，前引 1922 年 10 月 28 日致父母親，強調急欲歸國研究文學，說他「對於文學的興味比美術還深」，「在文學中已得的成就比美術亦大」，這一封信開明版的《全集》收了，大量繁瑣考據、走乾嘉訓詁路線，可作為學者角色見證的學術論文，也見載於《全集》中的《神話與詩》、《古

典新義》等部份，所以，不能太過於歸咎史料不足，最重要的原因，恐怕是聞一多「鬥士」角色所造成的影響。

認定聞一多是個學者、是個清高的教授，對聞一多在 1943、1944 年以後轉為「鬥士」不以為然的人，在推論他驟變的原因往往不能有客觀的衡量，或者單純地歸因為他太天真、被利用，或者說君子可以欺之以方。〔註 7〕至於頌揚聞一多為「民主鬥士」的人，對聞一多早期的「詩人」的表現尚能接受，起碼那時候他寫了很多熱血澎湃的愛國詩篇，至於書齋裡的十五年，與群眾脫離、和青年疏遠，這是種落後的角色，如果頌揚了鬥士的革命精神，就無法不對學者的聞一多有所微辭。由前面引的說聞一多「做著『抱殘守缺』的工作」，可以讀到其中所透露出的貶意。

聞一多晚年思想左傾，無所顧忌的宣揚他的民主理念，危言惹禍，致遭暗殺而死，是以有很長的一段時間，聞一多在大陸是以烈士、以完人的姿態

〔註 7〕 大陸地區以外的學者大都是持這樣的看法。可參下列文章：
1、蘇雪林〈聞一多死於姪手〉
  原載《自由青年》，第 21 卷第 6 期，頁 8～9，1959 年 3 月；《文壇話舊》，頁 143～151。臺北：文星書店，1967 年 3 月。
2、陳敬之〈聞一多〉
  《新月及其重要作家》，頁 70～96。臺北：成文出版社，1980 年 7 月。
3、朱文長〈聞一多是如何成為「民主鬥士」的？〉
  《傳記文學》，第 38 卷第 5 期，頁 20～26，1981 年 5 月。
4、劉紹唐〈朱文長教授「聞一多是如何成為『民主鬥士』的？」大文讀後的幾句話〉
  《傳記文學》，第 38 卷第 5 期，頁 21～24，1981 年 5 月。
5、梁敬錞等〈「聞一多是如何成為『民主鬥士』的？」的回聲〉
  《傳記文學》，第 39 卷第 1 期，頁 29～30，1981 年 7 月。
  這些作者在論述時大多參酌了大陸學者的說辭，如王康《聞一多傳》、楚圖南〈記和華崗同志在一起工作的日子〉等，說聞一多晚年加入共產黨，被共黨「利用」（大陸學者的措辭是接受「黨的領導」、「號召」）。在政治氣氛熱到足以左右很多的史實之際，大陸學者喜歡「將聞一多思想演變的複雜過程簡單化地歸為接受了中國共產黨的影響」（《聞一多研究述評》，頁 324），有與史實不符的可能，港臺這些學者在國共強烈敵對的時代，想法受到環境的制約也是免不了的，再加上又引述了大陸學者有失真之虞的敘述，在這樣的情況下來評論聞一多，恐有失客觀。（並參本論文第一章〈緒論〉第二節〈關於前人研究資料的搜集與取捨〉）
  許芥昱先生對這種糾纏較能洞識，他說：「聞一多晚年受共黨包圍的真象如何，在政治火藥味如此濃厚的大陸和臺灣都不易查清楚。」因為「國民黨要歸罪，共黨要邀功」。（《新詩的開路人——聞一多》，頁 187，坊印本）

和革命的榜樣出現的。商金林回顧了聞一多死後 1946～1949 年這三年聞一多研究的特色說：

> 由於聞一多晚年的光輝太燦爛了，他的思想發展和獻身精神，自然而然地成了人們讚美的「熱點」，……爲了呼籲那些「關在象牙塔」裡恪守「獨善其身」的知識份子，丟掉幻想，「挺身出來和反民主的惡魔決鬥」，「讓未死的戰士們踏著血跡，再繼續前進」，「使每一個糊塗人都清醒起來，每一個怯懦的人都勇敢起來」，這就需要高舉聞一多血染的民主的大纛，在評介聞一多時，就必須側重於展示他的迂迴曲折的道路，剖析他的思想歷程。（《聞一多研究述評》，頁 289～290）

這段時期的研究特色「側重於展示他的迂迴曲折的道路，剖析他的思想歷程」，所謂的「曲折的道路」、「思想歷程」，指的當然是晚年投身政治運動，恍然大悟、覺今是而昨非的過程。1949 年毛澤東也說：「聞一多拍案而起，橫眉怒對國民黨的手槍，寧可倒下去，不願屈服。」表現了中國人的骨氣，所以他鼓勵大家「應當寫聞一多頌」。〔註 8〕

　　成爲烈士的聞一多，作爲政治宣傳的工具還不只是這三年。商金林總結了 1949 年到 1966 年文革前的聞一多研究說，這時候的研究受著時代的「制約」，在階級鬥爭年年講，月月講，天天講的時代，聞一多研究也必然地要納入「從現實鬥爭的需要出發」，「爲現實鬥爭服務」的軌道。這個時期唯一的一本專著——史靖的《聞一多》談的是聞一多「在中國共產黨的幫助下，如何由一個不問政治脫離群眾的知識份子，終於成爲一個堅強不屈的民主戰士的始末；同時也敘述了反動派在抗戰時期妥協投降，反共反人民的血腥罪行。《聞一多》成了一部對青年人進行革命傳統教育的教材。」（參《聞一多研究述評》，頁 323～325）

　　像這樣的政治氣氛，「芸香」和「魚雷」說最能與作爲革命典範的聞一多輝映，聞一多的學術研究被烈士燦爛的光芒所掩蓋，罕有人會去留心的，所以到底學者時代的他在故紙堆裡有沒有「殺蟲」，也罕有人注意。或者說，即使有人看出了這種矛盾，是不是願意在那種時代風氣中，說出聞一多這個爲人所崇拜的革命偶像當年也曾患過「考據癖」呢？在一片歌頌聲中，要指出典範的不足，說他曾經落伍的「脫離群眾」，對讀者和作者而言，好像都不是

〔註 8〕見毛澤東 1949 年 8 月 18 日作〈別了，司徒雷登〉一文，轉引自《聞一多研究述評》，頁 289。

一件容易的事情。「為賢者諱」，應是那樣的時代氛圍中一致的選擇。

　　一直到 1988 年 11 月 7 日至 11 日，第四屆聞一多學術討論會在昆明雲南師範大學召開時，才有較多的學者意識到：「作為詩人與鬥士的聞一多研究，已經充分展開，但作為學者的聞一多研究，還只是剛剛起步，今後的研究重點應該放在聞一多的治學精神、學術道路、對中國古籍的整理，以及神話的探討等方面。」（《聞一多研究述評》，頁 340）為期長達十五年的學者生涯苦心研究的成果，一直要到聞一多過世四十年後，才獲得後人較多的關心，在大陸備受尊崇的聞一多，也遭受到這種局部的漠視，無非是由於「學者」角色和革命典範之間的衝突。

　　雖然作為學者的聞一多研究已開始起步，但並不代表著作為鬥士或烈士的聞一多已遁形，經過長期的薰染，這些印象根深柢固的潛伏在許多大陸學者的腦中。所以還是有很多學者重複著「芸香」說、「魚雷」說，例如唐鴻棣先生云：

> 在聞一多被迫著向內走，從故紙堆裡討生活的年月裡，由於他是一個「不肯馬虎的人」，不是個真想潛心古典，就文論文的人，因而，一方面致力於古代文化的研究，在學術方面取得了卓越輝煌的成果，另方面又探討著中國文化的歷史的方向，尋找著我們民族、我們文化的出路。（〈從紅燭到火炬──論聞一多的思想道路〉，《聞一多研究四十年》，頁 370）

說他不是真想潛心古典，說他在故紙堆裡「尋找著我們民族、我們文化的出路」，這只不過是聞一多回復臧克家信中說要為民族、這文化的病症開方的改寫，同樣混淆了學者與鬥士兩個時期的角色。在此，筆者並無意厚責唐先生，如果了解類似的措辭，至今還不時地在大陸學者的筆端湧現，唐先生所云本不足為怪。

　　聞一多在西南聯大的學生及助教季鎮淮在〈聞一多先生與中國傳統文學研究〉一文中不用芸香說來詮釋學者的聞一多所做的工作，這是難能可貴的一點，但是他說：「我們覺得聞先生轉向傳統文學研究這一變，和他的強烈的愛國主義分不開，他的愛國主義包含著愛祖國的古老的『五千年之歷史與文化』的。」（《聞一多研究四十年》，頁 143）〔註9〕聞一多的愛國心，有諸多的

〔註 9〕季鎮淮〈聞一多的學術途徑及其基本精神〉一文云：「在對時代進步主流缺乏認識的情況下，聞先生的愛國主義的滿腔熱情，只能全部地貫徹到祖國的古

新詩可以爲證，這是無庸置疑的；他熱愛古典、熱愛中國文化，這在他的詩作、書信中也有很多的自白，然而，以研究古典爲職，是肇因於愛國主義的嗎？恐怕值得懷疑，也許這樣的措辭是根源於敬愛老師的情感吧！

在大力的頌揚聞一多之下，也形成了對聞一多研究的迷思，無法確切的、及早的認識他學者角色，不過是其中的一種而已。政治掛帥，讓人們不能去欣賞「蠹魚」的執著、肯定「蠹魚」的努力，無寧說，這也是一種缺憾。

第六節　厄運與幸運

與聞一多同是《詩經》研究大家的顧頡剛曾做了〈詩經的厄運與幸運〉一文（《小說月報》，第 14 卷第 3、4 號，1923 年 3、4 月），說《詩經》一書名列儒家的「聖經」後，蒙遭厄運，爲後儒曲解，眞相不明；然而也因爲是「聖經」之故，而幸運的爲歷代所重，流傳至今，不致湮沒。

四十餘年來的聞一多研究，我們也看到這種集厄運與幸運於聞一多一身的現象。由於鬥士的角色，讓聞一多聲名大噪；也由於鬥士之故，讓研究者很長的一段時間，無法正確的看待作爲學者的聞一多。簡單地說，就是與詩人、鬥士時期比較時，學者的聞一多顯得黯淡無光，不足爲道，是略帶負面的；而專論聞一多學者時期時，又由於鬥士、烈士的月暈效應，讓聞一多的學術成就格外完美、一枝獨秀。

因著同樣的原因，不同地區、不同政治立場的學者對他或頌揚、崇敬或貶損、忌諱，這些心理的交雜作祟，導致在一些史實的敘述和學術的評價上流於不客觀。政治的煙幕慢慢散去後，擺脫厄運和幸運的牽絆，廓清眞相，還原出聞一多的原貌，才是對歷史最好的交代。

許芥昱是聞一多西南聯大的學生，爲了從前在昆明共處時的美好回憶，1980 年寫成了 Wen I-to 一書，〔註10〕鄭重地獻給他敬愛的老師。〈前言〉中說

代文化研究中去，他愈來愈脫離現實，不問政治，也不懂政治了。」（《聞一多研究叢刊》第一集，頁 182。武昌：武漢大學出版社，1989 年 4 月）根據原註，本文是季先生 1983 年 10 月在全國首屆聞一多研究學術討論會的發言。說法與正文中所引相同，僅註於此以供參照。

〔註10〕 許芥昱著 Wen I-to，Boston Twayne Publishers, 1980。中文譯本爲卓以玉譯，改名爲《新詩的開路人——聞一多》，香港：波文書局，1982 年。臺灣又流傳有坊印本，年月及出版者不詳，題「許芥昱著、卓以玉譯」，據判斷應是影印波文書局本。

到他寫作這本書時所遭受到的橫阻，云：

> 二十年是一段不算短的時間，但要等人類改變他們的愚昧狀態，這
> 段時間還不夠長。自從一九五八年起，我就曾寫信去北京圖書館，
> 詢問一些關於聞一多的簡單細節，但是他們根本沒有理會我的要
> 求，也沒有回答我的信。今天已經是一九七八年了，除了官方報紙
> 上發表的那幾篇政治上沒有問題、歌功頌德的文章外，我還是不能
> 從中華人民共和國得到任何關於聞一多的資料。一九七三那年，我
> 在中華人民共和國訪問的時候，我很有禮貌的、輕言細語的，向有
> 關人士打聽聞一多的事節，但就那幾句話也差一點惹出了一場大
> 禍。北京圖書館裏有一百七十一件聞一多的手稿，一共有八千八百
> 多頁，我想去看一看，但始終沒有得到許可。（《新詩的開路人——
> 聞一多》，頁 1）

從 1958 年開始，許芥昱就想得到多一點點的資料，巴望能看看北京圖書館所藏的聞一多手稿，然而始終無法如願。*Wen I-to* 一書出版不久，1982 年 1 月 4 日中午，舊金山狂風暴雨，許芥昱在自己屋前的停車道上被山洪軟泥捲走（《新詩的開路人——聞一多》，卓以玉誌）。二十年來殷殷盼望能看到聞一多的手稿，從前他看不到的，以後也不再有機會看到，帶著深深的遺憾埋入泥土裡。

感謝這個時代，讓我們不必再有遭受拒絕的厄運，新的《聞一多全集》裡包括了當年藏在北京圖書館的手稿；而近幾年兩岸較頻繁的開放交流，讓我們幸運的接觸到較多的資訊，讓聞一多在臺灣不再是個禁忌，讓我們有更寬廣的空間說更客觀的話。

第三章　古典的新義——談聞一多解《詩》對佛洛伊德學說的運用

第一節　學者論聞一多的《詩經》學

　　朱自清將聞一多與乾嘉高郵王氏父子相比；郭沫若說聞一多「眼光的犀利，考索的賅博，立說的新穎而翔實，不僅是前無古人，恐怕還要後無來者的。」（開明版《聞一多全集‧序》）這都是對他古典學術研究成果的肯定。單以《詩經》而言，公認是民國以來研究《詩經》最有創獲的學者之一，我們可以從以下諸位學者的論述和稱道中得到證實：

一、夏傳才先生論民國以來的《詩經》研究者中僅標舉魯迅、胡適和古史辨派、郭沫若、聞一多諸人。（《詩經研究史概要》，頁 198～274。鄭州：中州書畫社，1982 年 9 月）

二、趙沛霖《詩經研究反思》於現代的《詩經》專著部份，單論俞平伯、聞一多、高亨、陳子展四人的研究成果。（《詩經研究反思》，頁 383～408。天津：天津教育出版社，1989 年 6 月）

三、張啓成則云：「五四運動至建國以前的這一時期的《詩經》研究，成績最突出的是聞一多與郭沫若。」（《詩經入門》，頁 188。貴陽：貴州人民出版社，1991 年 12 月）

四、張君炎甚至說：「五四以後，研究《詩經》最有成果的要算聞一多。」（《中國文學文獻學》，頁 216。南昌：江西人民出版社，1986 年 12 月）

五、韓明安和張君炎有完全相同的意見，都是以聞一多爲第一，他說：「五

四以來，一些學者在科學、民主精神的指導下，對《詩經》舊說深
表懷疑，⋯⋯這期間，成果較多，貢獻較大者，應首推聞一多先生。」
（《詩經研究概觀》，頁18。哈爾濱：黑龍江教育出版社，1988年）
聞一多是否足以作爲五四以來研究《詩經》的第一人，暫且不提。而由上述
諸位學者的稱道中，不難窺知聞一多《詩經》學具有一定的成就及影響。

在1948年朱自清、郭沫若、吳晗、葉聖陶集結成的《聞一多全集》中，
〔註1〕《詩經》的研究論著分見於甲集的《神話與詩》、乙集的《古典新義》、
辛集的《詩選與校箋》裡。武漢大學聞一多研究室1993年新編成的12冊《聞
一多全集》中，《詩經》論文則集中在第3、4冊裡，就《詩經》著作而論，
新《全集》比開明版《全集》多了以下的內容：

1、〈詩經的性慾觀〉，原載《時事新報・學燈》1927年7月9、11、12、
　　14、16、19、21日。

2、〈匡齋尺牘〉談〈兔罝〉詩部份，原載《談聞一多・附錄》。

3、〈詩經通義・乙〉，據北京圖書館藏手稿整理。

4、〈詩風辨體〉，據北京圖書館藏手稿整理。

5、〈詩經詞類〉，據北京圖書館藏手稿整理。

聞一多另有〈卷耳〉一篇，原載於：《大公報・文藝》（天津）第9期，
1935年9月15日；《聞一多集外集》（北京：教育科學出版社，1989年9月），
頁188～194有轉錄，新《全集》失載。

在中共看來，他是壯烈犧牲的鬥士，所以，自1946年以來一直是被歌頌
的對象；在國共敵對的情況下，也是中共打擊國民黨的有力武器。他的《詩
經》研究本有其創發，再結合政治的因素，聞一多的學術地位在大陸也隨著
烈士的歌頌而如日中天。〔註2〕使得後來的學者除了常引用他的說法、受其影

〔註1〕本論文正文所據聞氏的原典，大部份根據臺灣所影印的開明本：《神話與詩》
　　　（臺北：里仁書局，1993年9月）、《詩選與校箋》（臺北：九思出版社，1978
　　　年2月）、《古典新義》（臺北：九思出版社，1978年2月）。爲與湖北人民出
　　　版社1993年12月出版的《聞一多全集》區別，行文中分別冠以「開明版」、
　　　「新」字以分別之。因新《全集》用簡體字，如：於、于兩字簡體共用于，
　　　易生辨識上的困擾，加以重新打字，難免有校對上的錯誤，故凡臺灣所影印
　　　的開明版《全集》：《神話與詩》、《古典新義》、《詩選與校箋》等書所無，方
　　　引新《全集》。

〔註2〕糜文開、裴普賢《詩經欣賞與研究・一（改編版)》（臺北：三民書局，1964年
　　　5月初版），在〈匏有苦葉〉的賞析部份，兼論聞一多的《詩經》學，云：

響以外，專門爲文介紹聞一多《詩經》學的論文也頗爲可觀，〔註3〕夏宗禹、
廖元華、費振剛、趙制陽、夏傳才諸位先生都曾撰文論述。〔註4〕

抗戰時期他任教西南聯大，勝利時他被共黨利用，在昆明演講，詆諛政
府，被熱血的兵士拔鎗打死。這次我們爲寫《詩經欣賞與研究》，各種參
考書都要看，特地託友人在香港採購他的《全集》，沒有買到，不心死，
再託另一友人設法蒐購，最後他感慨地復信説：「跑遍全香港大小書店，
不見蹤影，存貨也找不到一部……原來聞一多的書早已絶版，想不到他
被共產黨利用而送命，共產黨卻不許他的書流傳。原來共產黨奪取政權
時要挑撥別人反對政府，對於所謂民主人士批評共黨的話，也只能暫時
忍受，……一旦政權到手，《聞一多全集》自然就不許流行了」。（頁161
～162）

由《詩經欣賞與研究》的序來看，知作者寫《詩經》一系列賞析的文章，始
於1962年前後，這一段友人的感慨也是此時載錄的。當時大陸正值「文化大
革命」的前夕，兵荒馬亂，學術界一片凋零，何止《聞一多全集》而已。如
果因一時買不到《全集》而認定是共產黨以前利用聞一多，取得政權、目的
達成後，就禁絶《全集》的流傳，恐怕是言過其實了。

事實上，聞一多一直是中共的「紅人」，他的書也一直受到重視，以北京中華
書局《聞一多全集》選刊爲例：《神話與詩》1956年6月發行了第1版，1959
年9月第5次印刷；《古典新義》1956年第1版，1959年9月第4次印刷（臺
北：漢學研究中心藏）。不是通俗讀物而有這種印行量，非革命偶像聞一多無
以爲之。我們再從龔維英一篇小文章〈《神話與詩》伴我終生〉來透視聞一多
爲人所重之一斑。龔氏云：「文革火燒毀了我數千冊藏書，然而，震懾於聞一
多先生的名聲，《神話與詩》則安然無恙。」（《中國圖書評論》，1994年第3
期，頁74～75）就算《神話與詩》安然無恙不見得是因「震懾於聞一多先生
的名聲」之故，而是出於偶然，然龔氏直到1994年猶如此詮釋這一事件，不
也透露出大陸學者推重聞一多的心理了？

因著時代與環境的侷限，讓港臺地區的學者有不夠客觀的推論，是很可以了
解的。然因《詩經欣賞與研究》流傳廣遠、爲學界所重，影響亦深，是以就
筆者所知，論其曲折如上。

〔註3〕如上述與聞一多並舉的諸位《詩經》大家：王國維、魯迅、郭沫若、顧頡剛、
陳子展等學者，後人研究他們《詩經》學的專論，只有一至三篇左右，討論
聞一多《詩經》學的文章，目前所知已有十餘篇（參本論文〈附錄二・聞一
多《詩經》學相關書目繫年〉），相較之下，顯然是比較多，於此可見聞一多
《詩經》學之爲人矚目。參林慶彰先生主編《經學研究論著目錄・上冊》（臺
北：漢學研究中心，1987年12月），頁470～471〈詩經研究史・民國〉部份
的著錄。

〔註4〕通論聞一多《詩經》學的主要有以下幾篇：
1、夏宗禹〈聞一多先生與詩經〉，《新建設》，1958年第10期，頁62～65，
1958年10月。
2、廖元華〈聞一多與詩經研究〉，《中國語文學報》（新加坡），第3期，頁30
～37，1970年3月，又收於《詩經研究論集・一》（臺北：臺灣學生書局，

　　聞一多援用佛洛伊德（Sigmund Freud）的學說來詮釋《詩經》，前所未見，研究所得打破了三千年來解經的陳說，立論的大膽爲《詩經》研究史上所罕見。前人言及聞一多的《詩經》學大都概略的介紹他有這樣的新說，至於爲什麼會運用佛洛伊德學說來解《詩》？他立論的背景、運用的得失都是未曾詳言的，本文即企圖探討這些主題，以補足前人研究聞一多《詩經》學的這一段空白。

第二節　佛洛伊德、聞一多與《詩經》的交集

　　朱自清指出聞一多從事《詩經》研究時，「不但研究文化人類學，還研究佛羅依德的心理分析學來照明原始社會生活這個對象。從集體到人民，從男女到飲食……」（開明版《聞一多全集・序》）；梁實秋也指出「有人不滿於他的大量使用佛洛伊德的分析方法，以爲他過於重視性的象徵」（《談聞一多》，頁 86。臺北：傳記文學出版社，1987 年 7 月再版）。

　　「性」是佛洛伊德精神分析學理論的中心，〔註5〕綜合兩位聞一多生前的

　　　　1983 年 11 月），頁 445～468。

　　3、費振剛〈聞一多先生的詩經研究——爲紀念聞一多八十誕辰作〉，《北京大學學報》，1979 年第 5 期，頁 58～66 轉頁 96，1979 年 10 月，又見《聞一多研究叢刊》第一集（武昌：武漢大學出版社，1989 年 4 月），頁 208～226；及《中國經學史論文選集・下冊》（臺北：文史哲出版社，1993 年 3 月），頁 792～810。

　　4、趙制陽〈聞家驊詩經論文評介〉，《孔孟學報》，第 42 期，頁 231～253，1981年 9 月。又收錄於《詩經名著評介》（臺北：臺灣學生書局，1983 年 10 月），頁 321～349。

　　5、夏傳才〈聞一多對詩經研究的貢獻〉，《齊魯學刊》，1983 年第 3 期，頁 70～75，1983 年 5 月。又見《複印報刊資料》（中國古代、近代文學研究），1983 年第 6 期，頁 43～48。夏先生又作有〈聞一多——現代詩經研究大師〉，見《詩經研究史概要》，頁 255～274。

　　　　另有十篇左右討論聞一多〈詩・新臺鴻字說〉及其它主題的文章，與本文主題較不相涉，茲不贅述。

〔註 5〕文榮光醫師云「性是佛洛伊德理論一個中心」，見《少女杜拉的故事・譯者後記》（臺北：志文出版社，1971 年 9 月初版、1992 年 9 月再版）。又，欲深入了解佛洛伊德的性學理論，可參佛洛伊德 1905 年寫成的《性學三論》（林克明譯，臺北：志文出版社，1971 年 3 月初版，1992 年 5 月再版，與《愛情心理學》合印）。必須要注意的是，早在 1905 年佛氏完成《性學三論》之前的其它著作中，譬如《夢的解析》（1900 年）、《日常生活的心理分析》（1904 年）、以及少女杜拉的病例裡，對夢及一些心理現象作解析時，已多從「性」的方面來考察。

好友、同事所述，〔註6〕再加上〈詩經的性慾觀〉一文，也明明白白的用到「Frued」
的字眼（新《全集》，第 3 冊，《詩經編》，頁 189。字有小誤，當作「Freud」），
〈詩經新義─二南〉釋「江有汜」說婦人蓋以水喻其夫，以水道自喻，自註
云：「以佛洛德學說觀之，此自爲一種象徵。」可知聞一多解《詩》常從「性」
的角度來詮釋，實是受佛洛伊德的影響所致。

　　爲什麼佛洛伊德的學說可與《詩經》掛鉤？就其本質而言有一定的先決
條件。佛洛伊德發掘了人類的潛意識作用，並認爲如夢、如文藝作品都是個
人意識的警察退隱，受壓抑潛意識浮現的表現，所以可以從夢、從去除掉僞
裝的文藝作品中解析出作者最原始、最與生俱來的本能與慾望。而所謂的本
能與慾望，佛洛伊德又特別強調了性慾這一環。佛氏的精神分析學說推出後，
雖受到醫學界的質疑，但對於文學創作及批評卻起了莫大的影響，至今歷久
而不衰。有的批評家根據精神分析學來探索作家的內心生活與他們創作的關
係，批評家猶如精神分析學家，而藝術作品就是藝術家的「臨床症狀」，通過
對作品解釋來發現藝術家受壓抑的潛意識衝動的傾向──尤其是性慾；而這
些發現反過來也有助於解釋作品本身。（參賴干堅《西方文學批評方法評介．
五．心理分析學派批評方法》，廈門：廈門大學出版社，1986 年 7 月）

　　《詩經》是一部文學作品，在精神分析學派的信徒看來，當然可以用來
解析，藉以窺知詩人受壓抑的本能、性的慾望等等。再加上《詩經》是先秦
時代的作品，精神分析學關注的焦點既然是人的本能的、原始的慾望，初民
──幼童──潛意識之間，循著一樣的思考法則：原本思考法則，〔註7〕諸如

〔註 6〕梁實秋與聞一多爲清華前後期的學生，留美時期曾在珂羅拉多大學共處一年，
　　　　返國後也往來頻繁，1930 年接受楊振聲的邀請，聞一多與梁實秋分別去主持青
　　　　島大學國文系和外文系，此時聞一多已熱衷於《詩經》的研究。1932 年的暑假
　　　　後，轉往清華大學中國文學系任教，時朱自清任該系的系主任，清華五年中除
　　　　第一年外，聞一多都開授《詩經》的課程（參《談聞一多》，頁 101）。1935 年
　　　　10 月發表了〈高唐神女傳說之分析〉（《清華學報》，第 10 卷第 4 期），進一步援
　　　　用性來釋《詩》。抗戰時任教於西南聯大，朱自清又與聞一多共同任教於中文系
　　　　（參《國立西南聯合大學校史資料》，頁 90～91，北京大學出版社、雲南人民出
　　　　版社出版，1986 年 2 月）。1945 年 5 月 25 日寫定的〈說魚〉篇是聞一多以「性」
　　　　的觀點解《詩》的集大成之作，此文結尾一段云：「朱佩弦先生指出：這個古老
　　　　的隱語，用到後世，本意漸漸模糊，而變成近似空套的話頭。他這意見是對的，
　　　　附誌於此。」可藉以得知聞、朱二人在治學上的相互切磋，朱自清隱然也同意
　　　　〈說魚〉篇所云魚、釣魚、打魚、飢……等字詞是「性」的隱語之論。
〔註 7〕曾炆煌醫師指出：

神話、傳說、較古老的作品，離初民愈近，無疑的更可呈現人的原始心理狀態，這應是觸發聞一多用佛洛伊德學說來詮釋《詩經》的一些前提。

一般都認為聞一多是 1928 年秋後到武漢大學任教後才專攻中國文學（《聞朱年譜》，頁 25。北京：清華大學出版社，1986 年 8 月），讓人意外的是他在 1927 年 7 月上海《時事新報》中已發表了〈詩經的性慾觀〉一文，這是第一篇《詩經》論著，也是用「性」說《詩》的代表作，〈高唐神女傳說之分析〉及〈說魚〉篇的雛形，在本篇已略具眉目。由於開明版《全集》未收此文，學者也罕少注意到。〔註8〕其它的《詩經》研究著作，如：〈匡齋尺牘〉及〈詩

人的思考在意識及潛意識兩種情況下進行。……意識狀態之思考仍係遵循「續發思考法則」（或邏輯法則）進行。……潛意識境界所遵循的法則，叫做「原本思考法則」，也就是人在孩童時期的思考方式。因為一個人在幼小時候使用這種方法思考，也類似原始人類的思考方式，故名「原本思考法則」……潛意識裏所遵循的原本思考法則，與日常成人在清醒時的合理思考全然不同。人類在表面上似乎已經把原本思考法則遺忘，事實上，這種思考卻隨時隨地在進行，只是極少被人們意識到而已。至於如何去研究這種「被遺忘的言語」呢？只有從夢、幻想、童話、詩歌、原始人之語言、精神病症狀等潛意識的產品中去分析、解釋、尋找了。（《夢的解析・曾序》，臺北：志文出版社，1972 年 10 月初版，1992 年 8 月再版。）

上面這段引文，說明了孩童、原始人類與潛意識循著一樣的思考法則，是故可以藉著對原始人類的語言、文化考察，來了解潛意識的面貌；反過來說，較近於初民的作品如《詩經》、神話、傳說等等，也蘊涵著較多人類本能、原始慾望的表現。

〔註 8〕梁實秋《談聞一多》頁 86 指出〈匡齋尺牘〉是聞一多開始研究《詩經》的初步成績，梁氏可能是觀察開明版《全集》所得到的結論。後來，聞一多的長孫聞黎明先生在上海《時事新報》找到了〈詩經的性慾觀〉一文，並提供編入新《全集》第 3 冊中（參聞黎明撰《聞一多傳》，頁 188。北京：人民出版社，1992 年 10 月），此乃目前所知聞氏第一篇古典文學方面較專門的著作，也是研究《詩經》的初步成績。

開明版《全集》編纂總負責人朱自清在〈《聞一多全集》編後記〉中云：「還有幾篇文章，題目已經編入擬目裏，卻始終搜尋不到，現在列舉在下面：……〈詩經中的性慾描寫〉原載《時事新報・學燈》……」（引自新《全集》，第 12 冊，〈附錄〉，頁 460）。由篇名誤作「詩經中的性慾描寫」來看，可知編輯《全集》時，匆促之間未尋獲，是以沒有編入，此文未經寓目可由〈編後記〉所載篇名有出入得證。

糜文開、裴普賢兩位教授云：「聞一多簡直把《詩經》看成一本性慾描寫的隱語書了，難怪他曾在《時事新報・學燈》發表的〈詩經中的性慾描寫〉一文，連《聞一多全集》的編輯委員會也沒有把它編進《全集》裏去。」（《詩經欣賞與研究（改編版）・一》，頁 166。臺北：三民書局，1991 年 2 月再版）言

經通義・周南〉、〈召南〉、〈邶風〉三篇，還有從遺稿整理出來的〈風詩類鈔・甲編〉、〈風詩類鈔・乙編〉、〈詩經通義・乙〉等在詩篇的題解或語詞的釋義中，間有零星的發揮。〈高唐神女傳說之分析〉一文有較多的論述，但說得最全面通透的則是成於聞一多晚年的〈說魚〉，〔註9〕這也是援用佛洛伊德之說解《詩》的集大成之作，可見這種詮釋角度，是自他研究《詩經》以來，至死不渝的執著。

　　由於〈詩經的性慾觀〉發表得較早，可說是聞一多詩人時期的作品，且刊載於報紙上，為求通俗難免不夠謹慎，臆說不少，有些觀點在後來發表的論文中都做了修正。雖是專論《詩經》性慾的著作，但若特重此篇來論其學說，恐有「乘人之虛」的嫌疑，且由於發現得較晚，對於學界的影響也較少，故筆者論述時仍以聞一多晚年所作〈說魚〉為主，〈高唐神女傳說之分析〉為輔，〈詩經的性慾觀〉僅參酌補充。以下略述聞一多從「性」的角度說《詩》的大旨於後，以窺其解《詩》風貌之一斑。

　　聞一多以為《詩經》時代並不是什麼黃金時代，那時候的生活還沒有脫盡原始的蛻殼，因為詩篇表現的是獉獉狉狉的平民情感，是以「用研究性慾的方法來研究《詩經》，自然最能了解《詩經》的真相」。又將《詩經》表現性慾的方式做了歸類，包括「明言性交」、「隱喻性交」、「暗示性交」、「聯想性交」、「象徵性交」等五種。所以在他看來國風中的詩歌不少詩篇與「淫」字掛鉤，非但〈鄭風〉而已。（參〈詩經的性慾觀〉）

下之意似以為編輯委員認為〈詩經中的性慾描寫〉一文難登大雅之堂，故《全集》不採錄。這恐怕有點誤會了朱自清等編輯，若對聞一多此作不以為然，大可連提都不提，何必留個尾巴？況且此文好或壞，文責當由聞一多自負，相信朱自清等編輯了解這個道理，不會有所忌諱。

〔註9〕〈說魚〉篇末聞一多自誌日期為 1945 年 5 月 25 日，而開明版《全集》前附的聞一多年譜，則將此篇繫在 1945 年 6 月 25 日之下，云「〈說魚〉一文寫定」。《邊疆人文》二卷第三第四期，年譜主要由聞一多的學生季鎮淮執筆，年譜前言第二條述及其凡例，云聞氏著作「凡有自注寫作年月的就繫以寫作年月，沒有的就繫以發表年月」。依此，則當繫在 5 月 25 日下。季先生後來修訂的《聞朱年譜》中，所載與開明版《全集》中原載的年譜同，並未修正。筆者至臺灣唯一收藏《邊疆人文》雜誌的中央研究院傅斯年圖書館查閱，該文載於頁 1～10，篇末題「1945,5,25,昆明」，而該雜誌署為 1945 年 3 月出版，出版時間竟早於論文完成時間，是以此篇的確切寫作和發表時間仍待考。不過，聞一多死於 1946 年 7 月 15 日，此篇作成距其逝世之時不過一年左右是無庸置疑的。

在〈說魚〉篇裡，聞一多認為《詩經》中對男女間性的關係是通過「隱語」來表現的（或用「廋語」一語）。而什麼是隱語呢？聞一多認為「隱」相當於《易》的「象」和《詩》的「興」；隱語的手段和喻一樣，而目的完全相反，「喻」是借另一事物來把本來說不明白的說得明白點；「隱」是借另一事物來把本來可以說得明白的說得不明白。如《詩經》中與「魚」、「飢」有關的字詞別有所指，是男女間「性」的隱語，詩人透過隱語的形式，故意把它說得委婉曲折、說得不明白。聞一多除引《詩經》經文說明以外，又引了數十首自己及當時學者所採輯的近代民歌為證，以呼應其論點，茲將其說擇要敘述如下。（不註出處者見〈說魚〉）

一、魚

聞一多認為民歌中，隱語的例子很多，以「魚」來代替「匹偶」或「情侶」不過是其中的一種，國風裏男女間往往用魚來比喻對方。如〈周南·汝墳〉「魴魚赬尾，王室如燬，雖則如燬，父母孔邇」之句，聞一多以為「王室」指王室的成員，有如「公子」「公族」「公姓」等稱呼，如後世稱「宗室」「王孫」之類，燬即火字，「如火」極言王孫情緒之熱烈。「父母孔邇」一句是帶著驚慌的神氣講的，這和〈將仲子〉「仲可懷也，父母之言，亦可畏也」表示著同樣的顧慮。

又〈齊風·敝笱〉：

敝笱在梁，其魚魴鰥——齊子歸止，其從如雲。
敝笱在梁，其魚魴鱮——齊子歸止，其從如雨。
敝笱在梁，其魚魴鯉——齊子歸止，其從如水。

聞一多以為舊說不當，應解作：敝笱象徵沒有節操的女性；唯唯然自由出進的各色魚類，象徵她所接觸的眾男子。並且強調雲和水都是性的象徵，所以魚釋為隱語是不成問題的，就聞一多看來，這兩篇的魚，指的都是詩中的男主角。如以下的民歌，聞一多也以為其中的「魚」字指情侶而言：

大河漲水沙浪沙，一對鯉魚一對蝦，只見鯉魚來擺子，不見小妹來探花。

河中有魚郎來尋，河中無魚郎無影，有魚之時郎來赴，無魚之時郎貴心。

二、打魚、釣魚

聞一多說「正如魚是匹偶的隱語，打魚、釣魚等行為是求偶的隱語」，如：

〈邶風・新臺〉：「魚網之設，鴻則離之──燕婉之求，得此戚施。」

〈召南・何彼襛矣〉：「其釣維何？維絲伊緡──齊侯之子，平王之孫。」

〈衛風・竹竿〉：「籊籊竹竿，以釣于淇──豈不爾思？遠莫致之。」

這些詩中設網打魚、釣魚等皆是求偶的隱語。民歌中的打魚、釣魚也是同樣的意思：

哥講唱歌就唱歌，哥講打魚就下河，打魚不怕灘頭水，唱歌不怕歌人多。

太陽落坡坡背陰，坡背有個釣魚坑，有心釣魚用雙線，有心連妹放寬心。

三、烹魚、吃魚

聞一多認為《詩經》中「以烹魚或吃魚喻合歡或結配」，引〈陳風・衡門〉為證：

衡門之下，可以棲遲，泌之洋洋，可以樂（療）飢。

豈其食魚，必河之魴？──豈其娶妻，必齊之姜？

豈其食魚，必河之鯉？──豈其娶妻，必宋之子？

以為魴和鯉既指匹偶、情侶，食魚則當是合歡或結配的隱語了。又釋〈檜風・匪風〉「誰能烹魚，溉之釜鬵──誰將西歸，懷之好音」為：

溉《釋文》本作摡，《說文》手部亦引作摡，這裏當讀為乞，今字作給，「摡之釜鬵」就是「給他一口鍋」，釜鬵是受魚之器，象徵女性，也是隱語，從上文「顧瞻周道」和下文「誰將西歸」，本篇定是一首望夫詞，這是最直接了當的解釋。

熟悉佛洛伊德著作的人，對於「釜鬵是受魚之器，象徵女性」的推論方式，應該不致於太陌生。佛洛伊德認為很多潛意識的意念都是透過「象徵」來間接表現的。譬如夢中所有長的物體──如木棍、樹幹、雨傘以及長而鋒利的武器如刀、匕首、矛等都是男性性器官的象徵；而箱子、皮箱、櫥子及一些中空的東西如船、各種容器，都是女性子宮的象徵（參《夢的解析》，頁 274～275）。此亦是聞一多受佛洛伊德影響的確證之一。

四、吃魚的鳥獸

　　聞一多認為諸如把魚比喻作匹偶、情侶這是較簡單的隱語形式,「另一種複雜的形式,是除將被動方面比作魚外,又將主動方面比作一種吃魚的鳥類,如鸕鶿白鷺和雁;或獸類,如獺和野貓」。引〈曹風・候人〉為說:

> 維鵜在梁,不濡其咮——彼其之子,不遂其媾。
>
> 薈兮蔚兮,南山朝隮——婉兮孌兮,季女斯飢。

言鵜是捕魚的鳥,連嘴都沒浸濕,當然是沒捕著魚,用來比喻女子見不著她所焦心期待的男人。上二句是隱語,下二句點出正意。譬如民歌曰:

> 年年有個七月七,鷺鷥下田嘴銜泥,不是哥們巴結你,魚養你來水養魚。
>
> 大河漲水滿河身,一對野貓順水跟,野貓吃魚不吃刺,小妹偷嘴不偷身。

其中的「魚」和吃魚的「鷺鷥」、「野貓」各指情侶中被動和主動的兩方。

五、飢——代表情慾未遂

　　關於這一論點,〈高唐神女傳說之分析〉一文有較完整的論述,如:

> 〈陳風・衡門〉:「泌之洋洋,可以樂(療)飢。」
>
> 〈曹風・候人〉:「彼其之子,不遂其媾」;「婉兮孌兮,季女斯飢。」
>
> 〈周南・汝墳〉:「未見君子,惄如調(朝)飢。」

聞一多認為詩中的「飢」是指男女的情慾不遂,說〈衡門〉「以食魚比取妻,則療飢的真諦還是以療情慾的飢為妥」;以〈候人〉詩前面說「鵜在梁上,不濡其咮,當然沒有捕到魚。詩的意思是以鵜不得魚比女子沒得著男子,所以下文說『彼其之子,不遂其媾』」;又引鄭眾語「魚肥則尾赤,方羊遊戲,喻衛侯淫縱」(《左傳》哀公十七年《疏》引),以作為參證,〈汝墳〉下文既有「魴魚禎尾」之文,則「朝飢的飢自然指情慾,不指腹慾」。聞一多又說:

> 既以「飢」或「朝飢」代表情慾未遂,則說到遂慾的行為,他們所用的術語,自然是對「飢」言之則為「食」,對「朝飢」言之則為「朝食」了。

是以釋〈陳風・株林〉「乘我乘駒,朝食于株」及〈鄭風・狡童〉「彼狡童兮,不與我食兮;維子之故,使我不能息兮」,都將「食」解成通淫的隱語。

第三節　聞一多立說的背景

讀了以上聞一多的主張，我們除了得知他受佛洛伊德影響，強調「性」的作用以外，還可以明顯的感受到聞一多論述過程的一些特色：

第一、沒有今古文、漢宋學的立場，也沒有「聖經」的包袱。

第二、用社會學眼光，力圖還原詩篇本意，探討古人的心理。

第三、立論受民歌影響，論證過程民歌也佔著重要的角色。

梁實秋說有人不滿於聞一多大量使用佛洛伊德的分析方法，以為他過於重視性的象徵，這並非無緣由的，即便是處在五十年後、處在當今開放社會裡的學者，對於聞一多援用佛洛伊德學說解《詩》的一些說法，許多人看了也不免要咋舌。為什麼聞一多當時會有如上所述的這些說《詩》特色，為什麼援用佛洛伊德學說來解《詩》呢？這是很有趣也值得思索的問題，茲從下面三個方向來思考聞一多立說的背景。

一、「聖經」觀念的瓦解

自先秦、兩漢以來，兩千餘年《詩經》研究的歷程，其實都圍繞著聖人之意在打轉。漢儒認為《詩經》既刪定於孔子，將這些詩篇編入三百篇之中，定有其經世的用心，為漢制法的孔子不可能傳下一部詩歌選集而已。於是漢儒看來，就猶如《春秋》一字一語、或存或闕，皆寄託著孔子褒貶的大義一樣，《詩經》也有著美刺的用意在其中，所以三百篇可以當諫書。

即便是到了宋代，歐陽修、蘇轍等人質疑《毛傳》、鄭《箋》、《詩序》；更甚的是朱熹有「淫詩」的主張、王柏有刪詩的舉動，看似皆與漢儒的論調背離，其實細按漢宋學的精神本是一貫，都是以「聖經」的角度來詮釋《詩經》，努力的重點在於測度孔子的本意如何。宋儒既然看到《傳》、《箋》、《序》的部份解釋不能與經書相扣，自然是遠離了聖人之意，故以矯枉為職，提出他們認為的確解。朱熹說「風者，民俗歌謠之詩」（《詩集傳》，卷1），「風者，多出於里巷歌謠之作，所謂男女相與詠歌，各言其情者也」（《詩集傳·序》），而歸結到最後，他所要指出的結論不是風詩是情詩，而是國風言男女之情的詩是「聖人存之，欲以知其風俗，且以示戒」的作品（《詩傳遺說》，卷2），這是聖人的大義所在，朱熹如是認為。王柏則直接認為這些情詩是淫詩，以為《詩經》既然經孔子刪訂，淫詩必已刪去，所以今所見的這些淫詩都是後來流傳時滲入、為本來的《詩經》所無，為恢復「聖經」的原貌，所以主張刪去這些「淫詩」。

　　舉以上諸端，不難看出儒者解經所執著的求「經書本意」——也就是「聖人本意」的一個趨向。這種釋經的堅持，一直延續到清末，在廖平、康有爲等今文學家身上發揮的尤其極至。他們指古文經爲僞經，不滿古文家推重周公而言孔子但「述而不作」，認爲《六經》成於孔子之手。又強化了孔子的權威，把孔子視爲政治社會的改革者，認爲今文經是孔子寄託其經世計劃的書；爲了使孔學在西學「入侵」之際仍保有尊位，又把孔子解釋成全知全能的聖人，其思想可以垂範萬世；且以經書作爲他們變法的根據，解經時從現實境況的諸問題中尋求《六經》的解答。造成的結果是：往往把自己的思想緣附到經書上，強經典以就我，轉而使經書失去了客觀性，而反過來被當時的境況所左右。最尊聖、最想保住儒學權威的康有爲諸人，反成爲導致儒家式微的關鍵之一，這是他們始料所未及的（參王汎森《古史辨運動的興起》，頁 11、165、210。臺北：允晨文化實業公司，1987 年 4 月）。

　　清末既已埋下了儒學式微的伏筆，至民初顧頡剛等古史辨派學者繼起，打倒孔教、辨僞經書遂成爲學術的主流，孔子的聖人形象既已蕩然，「聖經」的觀念也跟著瓦解，求「經書本意」、「聖人本意」隨著古史辨派的衝擊，成爲「今人多不彈」的古調。〔註10〕

　　因「聖經」觀念的崩潰，解《詩》的態度也隨著有了大的轉變，《詩序》所談的美刺大義被放下了以後，就如同朱熹早就發現的「風者，民俗歌謠之詩」、「風者，多出於里巷歌謠之作」，很自然的把《詩經》視爲古代的歌謠集，譬如錢玄同說：「《詩經》只是一部最古的『總集』，與《文選》、《花間集》、《太平樂府》等書性質全同，與什麼『聖經』是風馬牛不相及的。」（1922 年 2 月致顧頡剛〈論詩經眞相書〉，《古史辨》第一冊，頁 46～47）聞一多延續古史辨學派的辨僞的精神，進一步地說：「僞書的舉發曾經風行了好久。在『辨僞』的法庭上，《尚書》是受過了鞫訊的。但爲什麼偏把這與《尚書》同輩的《詩經》漏掉了。」且認爲《詩經》已經過孔子的刪改，受過聖人的點化，而這

〔註10〕 節錄《古史辨》第一冊（臺北：藍燈文化事業公司，1989 年 11 月影印出版），錢玄同給顧頡剛的兩封信，以見古史辨派反孔、打破經義之一斑：一、〈論詩說及群經辨僞書〉云：「……咱們所肩的『離經畔道』之責任乃愈重，不把『六經』與『孔丘』分家，則『孔教』總不容易打倒。」（頁 52）二、〈論獲麟後續經及春秋例書〉：「我現在對於今文家解『經』全不相信，我而且認爲『經』這樣東西，壓根兒就是沒有的，『經』既沒有，則所謂『微言大義』也者，自然也是『皮之不存，毛將焉附』了。」（頁 280）

個「點化」，正是我們讀詩的障礙：

> 如果孔子刪過詩，「刪」不也是一個作僞嗎？何況，既然動了筆，就
> 決不僅是刪，恐怕還有改。不但孔子，說不定孔子以後，還隨時有
> 著肯負責任的人，隨時可以揮霍他們的責任心，效法孔子呢。我相
> 信，我們今天所見到的三百篇，尤其是二南十三風，決不是原來的
> 面目。……今天要看到《詩經》的眞面目，是頗不容易的，尤其那
> 聖人或「聖人們」賜給它的點化最是我們的障礙。當儒家道統面前
> 的香火正盛時，自然《詩經》的面目正因其不是眞的纔更莊嚴，更
> 神聖。但在今天，我們要的恐怕是眞，不是神聖。我們不稀罕那一
> 分點化，雖然是聖人的。讀詩時，我們要了解的是詩人，不是聖人
> （〈匡齋尺牘・二・工作的三樁困難〉）。

「我們要了解的是詩人，不是聖人」，這正是民國以來的學者最不同於往昔的
治《詩》態度。而且隨著考史風氣的興盛，把《詩經》視爲可資考索的史料，
我們可以從胡適〈談談詩經〉一文來認識這樣的現象，胡適說：

> 《詩經》並不是一部聖經，確實是一部古代歌謠的總集，可以做社
> 會史的材料，可以做政治史的材料，可以做文化史的材料。萬不可
> 說它是一部神聖經典。（首刊於 1925 年，引自《古史辨》第三冊，
> 頁 577）

　　爾後顧頡剛也用了數年來研究歌謠所得的見解，與《詩經》做比較的研
究，〔註11〕可見把《詩經》與歌謠等同，這是一種取代「聖經」觀的說《詩》
新趨向，風氣影響之下，聞一多把《詩經》看作「歌謠集」，這就是一件很自
然的事了，他說：

> 漢人功利觀念太深，把三百篇做了政治的課本，宋人稍好點，又拉
> 著道學不放手──一股頭巾氣，清人較爲客觀但訓詁學不是詩；……
> 明明一部歌謠集，爲什麼沒人認眞的把它當文藝看呢！（〈匡齋尺
> 牘・六・閒話〉）

「聖經」觀念崩潰，說經的束縛放下以後，《詩經》變得更多面，再加上當時

〔註11〕　參《古史辨》第一冊〈自序〉，頁 48 云研讀《詩經》時，「我也敢用了數年來
　　　　在歌謠中得到的見解作比較的研究」，此篇〈自序〉後署寫定於 1926 年 4 月
　　　　20 日。在此之前已作了〈起興〉一文（首刊於《歌謠週刊》，第 94 期，第 7
　　　　～8 版，1925 年 6 月 7 日），從歌謠首幾句起頭的情況，來類推《詩經》興句
　　　　的作用，可看到歌謠研究對顧頡剛解《詩》的影響。

考史、研究歌謠、民俗之風大盛，這些因素雜糅在一塊兒的結果，使《詩經》研究開展了更多元、更寬廣的空間。

二、民俗研究風氣的興盛

當《詩經》從聖經的桎梏中解放之際，正是民俗研究大盛之時，有著押韻、複沓體式的詩篇湊上了民俗學運動的熱潮，更自然而然的被視爲歌謠。因緣際會，學者就常以其研究歌謠的經驗來詮釋《詩經》，在他們看來《詩經》不過就是先秦的民歌。

民俗學的研究起於清末民初，而真正造成風氣，演變成一股「民俗熱」，則要到 1918 年開始了歌謠的徵集以後。﹝註12﹞橫的方面，採集當時各處的歌謠，也配合著田野調查，對各不同地區和民族的方言、地方戲曲、風俗文化等進行記錄和研究；縱的方面，中國的神話、各代的風俗、民間文學等也成爲研究的範疇（參《中國民俗學發展史》第三章）。如果要得知先秦的風俗，無疑的要以《詩經》作爲研究的史料；爲了解《詩經》這本先秦的詩歌選集，又少不了要用採自各地性質相同歌謠來比同，把各個原始部族風俗文化的研究成果來作爲了解初民社會的基礎。於是在這個知識份子走向民間，民俗運動開展的時期，我們又看到了另一個詮釋《詩經》的新風貌。

譬如胡適解〈野有死麇〉爲初民社會「求婚獻野獸的風俗，至今尚有許多地方的蠻族還保存著」；說〈關雎〉是一首求愛詩：「友以琴瑟，樂以鐘鼓，這完全是初民時代的社會風俗，……意大利、西班牙有幾個地方，至今男子在女子窗下彈琴唱歌，取歡於女子。至今中國的苗民還保存這種風俗。」（〈談談詩經〉）用的就是文化人類學的角度，﹝註13﹞關心的是初民的文化、習俗，而能用

﹝註12﹞ 如王文寶《中國民俗學發展史》（瀋陽：遼寧大學出版社，1987 年 8 月）由第三章標題作：〈我國民俗學運動的發端與開拓時期（一九一八──一九二七年）〉，知是以 1918 年錢玄同、沈兼士共同發起北京大學歌謠活動，於 1918 年2 月 1 日刊布〈北京大學徵集全國近世歌謠簡章〉在《北京大學日刊》第 61 號爲民俗運動的發端（參該書第三章）。洪長泰著《到民間去：1918～1937 年的中國知識份子與民間文學運動》（上海：上海文藝出版社，1993 年 7 月），從書名就可以得知他也是以 1918 年爲民俗運動之起點。又由王文寶一書將 1927～1949 年定爲「我國民俗運動的奠基與開展時期」，知民俗研究仍繼續熱烈的展開，和民國以來《詩經》研究新貌的開展，在時間上有完全的重疊。

﹝註13﹞ 莊錫昌云：「『文化人類學』，從狹義的角度理解，是指研究人類習俗的學問。如果相對於體質人類學而言，那麼文化人類學的含義就廣泛多了，它研究的對

蠻族、苗民等原始部落的風俗來比同，這該歸功於這時期民俗運動的展開。聞一多認爲以往從經學、歷史、文學的角度來讀《詩經》都是舊的讀法，聞一多所欲採取的是「社會學的」讀法，把《詩經》「當社會史料文化史料讀」（〈風詩類鈔・甲編・序例提綱〉），「希求用《詩經》時代的眼光讀《詩經》」（〈匡齋尺牘・七・狼跋與周公〉），他期許箋注的工作能縮短初民與今人的「時間距離」，所以要「用語體文將《詩經》移至讀者的時代」，用考古學、民俗學、語言學帶讀者到《詩經》的時代。又要注意古歌詩特有的技巧：象徵廋語（symbolism）和諧聲廋語（puns）（〈風詩類鈔・甲編・序例提綱〉），這樣才能直探詩歌的本意。

　　在分析了五四以來解《詩》與民俗研究合流的一個走向以後，我們可以了解聞一多採社會學的讀法，實是受當時研究氛圍的影響所致。〈高唐神女傳說之分析〉一文討論了「魚」字等隱語問題後，他陸續的搜集了相關的材料，特別是近代民歌方面，對於問題的看法更深入了，所以十年後單獨將這個主題重新檢討寫成了〈說魚〉篇（參〈說魚〉篇註1）。對於歌謠的採輯、研究，聞一多雖不似顧頡剛那般熱衷，但也曾涉獵。1938 年，長沙臨時大學遷往昆明，聞一多與一部份的師生共組「湘黔滇旅行團」徒步前往，學生劉兆吉沿途收集了二千多首詩歌，編定爲《西南采風錄》（臺北：臺灣商務印書館，1946年 12 月初版，1991 年 3 月臺 1 版），聞一多由於掛名當這個工作的指導人，所以 1939 年 3 月 5 日聞一多爲該書寫〈西南采風錄序〉（收於新《全集》，第2 冊，《文藝評論》），文中對民歌的精神極爲肯定。又〈說魚〉篇末自誌云本文中所引的近代民歌，除他自己採輯了一小部分外，大部份出自陳志良著《廣西特種民族歌謠集》、陳國鈞著《貴州苗夷歌謠》、《民俗》和《北京大學研究所國學門月刊》等書刊；可見他也曾採集歌謠、有意的以研究歌謠的心得，作爲解讀《詩經》的參照。在當時許多的學者都認爲《詩經》就是先秦的民歌，所以借用研究民歌的經驗來作爲《詩經》的參證是很自然的。

　　整個的民俗研究的風氣除重視收集、整理的工夫，也兼考察表象下的風俗文化，聞一多研究《詩經》的進程也是一樣的，其終極目標也在重視當時初民的眞實面貌。譬如〈芣苢〉一篇，聞一多從芣苢是一種宜子的植物談起，

象包括整個人類文化現象。」引自莊錫昌、孫志民編著《文化人類學的理論架構》（臺北：淑馨出版社，1992 年 3 月），頁 1。所以民俗學實隸屬於文化人類學的範疇之中，在此書的附錄〈中國文化人類學概述〉一文中，也提到文化類學在二十年代前傳入中國及二三十年代以後的發展，許多的譯作，在促進民俗學的勃興，及民俗研究者對所觀察到的現象提出解釋時，都發揮了影響。

而談到詩篇中「采采芣苢」再三的複沓,表現了女子求子的欲望,云:「從生物學的觀點看去,芣苢既是生命的仁子,那麼採芣苢的習俗,便是性本能的演出,而〈芣苢〉這首詩便是那種本能的吶喊了。」(〈匡齋尺牘・三・芣苢〉。引者按:原典本作「芣苢」,後同)如果與清代方玉潤釋〈芣苢〉一詩做比較,我們就可以看出「文學的」讀法和聞一多「社會學的」讀法之差別所在,方玉潤言〈芣苢〉:

> 此詩之妙,正在其無所指實而愈佳也。夫佳詩不必盡皆徵實,自鳴天籟,一片好音,尤足令人低回無限,若實而按之,興會索然矣。讀者試平心靜氣,涵泳此詩,恍聽田家婦女三三五五於平原繡野、風和日麗中群歌互答,餘音嫋嫋,若遠若近,忽斷忽續,不知其情之何以移而神之何以曠。(《詩經原始・周南・芣苢》,臺北:藝文印書館,1981 年 2 月)

一重視其造境結構的文學筆法,一重視采芣苢所透露出的初民心理訊息,這種社會學的眼光,也是聞一多說《詩》為人所稱道的特色之一。

綜上所述,我們從聞一多解《詩》中,可以看到民俗運動的展開,對《詩經》研究有三方面的影響:一、把《詩經》視為民歌。二、用研究民歌的心得解《詩》。三、帶動了「社會學的」讀《詩》角度。而聖經觀念的崩潰,正是這些影響的前提。

三、佛洛伊德學說的傳入

民國以來,在新風氣影響之下,許多人雖然也採取了新的解《詩》角度,但不一定就會留意初民的心理。即便當時也有人關心,但將焦點集中在性心理這一環上,聞一多是絕無僅有的。這也如同那麼多人讀莎士比亞的《哈姆雷特》(Hamlet),並不一定去解釋為什麼哈姆雷特面對殺父娶母仇人的報仇行動會有所猶豫一樣,縱使有人也試著做過哈姆雷特心理的分析,然佛洛伊德提出戀母情結(伊底帕斯情結)的解釋角度,也是與眾不同的創說。〔註14〕

〔註14〕許多西方文學批評方法,都曾對《哈姆雷特》感興趣,如:道德學派、社會學派、闡釋學派、新批評派、心理分析學派、神話原型學派批評,都曾對此劇做過詮釋,但關心的焦點及詮釋的方法都不同。佛洛伊德曾運用他的精神分析理論來分析《哈姆雷特》,他的追隨者歐納斯特・瓊斯進一步更全面深入的運用這個理論來解釋《哈姆雷特》,1910 年完成了〈解釋哈姆雷特奧秘的伊底帕斯情結〉,以後又加以改寫,1949 年完成長篇專著《哈姆雷特與伊底帕

　　儘管在佛洛伊德之前已有零星的對潛意識、對性的討論，〔註 15〕而眞正把這些主題搬上檯面來討論，使其專門化、學術化，並獲得廣大回響及影響的是佛洛伊德。佛洛伊德學說的一大特點，就是往潛意識裡探求精神病形成的原因，並進而歸因到「性」這一點上，由於他的主張過分強調、擴展性慾的影響，所以也招來「泛性主義」的批評，雖是如此，但佛洛伊德仍堅持既有的看法。〔註 16〕如果沒有佛洛伊德對「性」的發掘與重視，聞一多在傳統中國學術裡是找不到這樣的暗示來刺激他從「性」的角度來說《詩》。是故聞一多就「性」論《詩》，佛洛伊德的學說無疑是一個最直接的刺激。〔註 17〕

　　佛洛伊德 1900 年完成《夢的解析》，1905 年完成《性學三論》等重要著作，起初也曾被當時學界所抹殺，但不多久佛洛伊德的學說就風靡學界，1909年，布利爾（Brill）開始陸續的翻譯佛洛伊德的作品，使他的學說流傳到美國，1913 年印行了英譯本的《夢的解析》（參英文第三修正版〈佛氏序〉，《夢的解析》，頁 9），而中國透過日本與美國為媒介，傳入了佛洛伊德的學說，〔註 18〕

斯》，是心理分析學派（或作「精神分析學派」）批評的代表作。參賴干堅編著《西方文學批評方法評介》，頁 141。關於佛洛伊德論沙孚克斯（Sophocles）的悲劇《伊底帕斯王》（*Oedipus Rex*），及莎翁的《哈姆雷特》，見志文版《夢的解析》，頁 187～192。

〔註 15〕參陳慧撰《弗洛伊德與文壇》（廣州：花城出版社，1988 年 12 月），頁 26～86，〈弗洛伊德主義的思想根據〉及〈弗洛伊德主義的文化背景〉兩節。

〔註 16〕佛洛伊德云：

我們還需記住，這本書的某些部份——堅持性慾乃一切人類成就之泉源，以及性慾觀念的擴展——自始便是精神分析學所遭阻抗裏最強烈的動機。喜歡尋找剌耳口號的人們，常提到精神分析學的「泛性主義」，無聊地攻訐它以性來解釋「一切」。若非我們早已深知情感的因素能使人們混淆和善忘，我們必將對此驚異不置。（佛洛伊德著、林克明譯《性學三論・第四版序》）

〔註 17〕這裡可用尹鴻的話來作補充：

弗洛伊德主義為「五四」浪漫作家們重新理解、認識人提供了一把鑰匙，使他們堅信人首先是一種自然的生命形態，……人是一種感性的生命個體，情慾則是這一生命個體最強有力的感性動力。……這一形象在中國幾千年傳統文化的文學中是從未存在的。中國的文化傳統，從來不敢正視和肯定人的自然本性、自然情慾，在性善論的先驗支點上建立了一整套禁慾主義的文化規範和道德信條。（《徘徊的幽靈——弗洛伊德主義與中國二十世紀文學》，頁 51～52。昆明：雲南人民出版社，1994 年 9 月）

〔註 18〕林基成指出五四時期對佛洛伊德學說的介紹還處於非常初級的階段。譯介佛氏學說的材料大都是二手的，有一部份是研究佛氏的著作而非佛氏原著，即使有些文章參考了佛氏著作，所據的也是美國的英譯本，而非德文原作。在

也造成文藝界及學術界很大的影響，吳立昌即指出佛洛伊德精神分析學在中國文壇上留下了軌跡，魯迅、郭沫若、郁達夫、周作人、施蟄存、沈從文等作家皆曾受其影響，不管是在批評或創作上（參《精神分析與中西文學》第三章。上海：學林出版社，1987 年 5 月）。

至於聞一多是在什麼時候、以怎樣的管道接觸佛洛伊德學說的呢？日本學者中島碧及大陸學者呂維、徐葆耕都以爲是聞一多留美時受到當時歐美學者的影響，[註19] 考聞一多是 1922 年 7 月出國、1925 年 6 月回國的，這時佛洛伊德學說已在美國盛傳，中島碧等人的假設不無可能，但並無法舉出有力的證據；以往在史料不足的情況下，這是個很難具體解決的問題，然而新《全集》纂成後，卻露出了曙光。

事實上，1921 年聞一多還就讀清華時所寫的新詩評論已援用了莫德爾（Albert Mordell）*The Erotic Motive in Literature* 一書的看法，也間接的援用到佛洛伊德的性學理論。[註20] Mordell 此書是早期將精神分析學用於文學批評

學術領域，佛洛伊德的介紹主要來自美國，在文學領域，則主要透過日本作爲媒介，譬如留日的郭沫若與魯迅在日本接觸了佛氏的日文譯作。參林基成撰〈弗洛伊德學說在中國的傳播：1914～1925〉一文（《二十一世紀》，第 4 期，頁 20～31，1991 年 4 月）。除林文介紹了佛氏學說傳入的概況外，吳立昌撰《精神分析與中西文學》（上海：學林出版社，1987 年 5 月），頁 144～156，〈五四之後精神分析譯介掠影〉一節，也談及這個主題。尹鴻《徘徊的幽靈——弗洛伊德主義與中國二十世紀文學》一書，亦有述及。

[註19] 中島碧〈關於聞一多的古代文學研究〉一文云：「這種把無文字民族的口頭文學和禮儀風習作爲古代文化、文學研究線索的方法，在聞一多留學美國的當時，歐美就有不少學者——比較宗教學、民族學、社會學、文化人類學的學者，主張、實踐過，聞一多深受其影響。」（收錄於《聞一多研究叢刊》第一集，頁 190～191。武昌：武漢大學出版社，1989 年 4 月）語焉含糊，似以聞一多是在美國留學時受歐美學者影響的。呂維、徐葆耕〈對母體文化的自衛與超越——略論聞一多的文化發展觀〉一文云：「聞一多在美國留學期間，接受了一部分莫爾德（Mordell）的理論，同時也接受了一部份西方精神分析學派創始人弗洛依德的理論。」（該文載於《中國社會科學院研究生院學報》，1987 年第 2 期，頁 56～63，以及《聞一多研究四十年》，頁 447～463）然這或許是想當然爾的推論，皆未舉史料爲證，且受 Mordell 的影響，亦非晚至留美時期，詳下文。

[註20] 新《全集》，第 2 冊，《文藝評論》收錄了聞一多〈評本學年《週刊》裡的新詩〉一文（原載於《清華週刊》第七次增刊，1921 年 6 月），頁 44 評吳景超〈出俱樂部會場的悲哀〉這首新詩及〈冬夜評論〉一文中（見新《全集》，第 2 冊，頁 73），已引用了 Mordell 一書來說明「自虐」等心理狀況，也間接的援用了佛洛伊德的理論。Mordell 之作，臺灣有鄭秋水譯本，譯名爲《心理分析與文學》

的代表作；在理論上，並沒有提出新的見解，而是用了大量文學史上的例子來印證佛洛伊德的學說，讓人耳目一新，彷彿佛洛伊德學說是打開文學藝術創作秘密大門的鑰匙。（參林基成〈佛洛伊德學說在中國的傳播：1914～1925〉一文，《二十一世紀》，第 4 期，頁 25，1991 年 4 月）清華當時是用美國退還的庚子賠款所籌設的留美預備學校，是一個有利於快速吸收西洋新知的環境。此際聞一多清華的同學、也是往後過從甚密的好朋友潘光旦，〔註 21〕於1920 至 1922 年這段時間在清華的圖書館找到了靄理士（Havelock Ellis）和佛洛伊德的書，詳加研讀，以性學小權威自居。特別是對於佛氏有關性發育的理論頗為心折，1922 年以精神分析觀點寫了一篇〈馮小青考〉的論文，後幾經修改，「重加釐訂，於其性心理變態，復作詳細之探討」，寫成《小青之分析》一書，1927 年 9 月由新月書店出版。〔註 22〕

（臺北：遠流出版事業公司，1992 年 2 月新版第 5 刷。封面以及版權頁署英文名：「*The Erotic Motive in Literature*」。通常譯作：「文學中的性愛動機」，1931年開明書店曾出版鍾子岩的中譯本，題作：「近代文學與性愛」，參尹鴻《徘徊的幽靈──弗洛伊德主義與中國二十世紀文學》，頁 204），在鄭譯本的頁 184、185、191、192 還可以看出聞一多引 Mordell 說法的根據所在。頁 7 鄭秋水〈譯者的話〉強調這本書是「介於文學批評與心理分析之間的作品」。作者初寫這本書的時候，佛洛伊德的心理分析理論還被大家視為「妖言惑眾」，本書也受到很多攻擊：只有佛洛伊德和艾里斯（或譯作靄理士）撰文表示讚賞。

〔註 21〕　潘光旦與聞一多同是辛酉級，1920 年二人與若干同學共組「上社」。在新《全集》，第 12 冊，《書信》第 19、20 封寫於 1922 年 4 月 13 日致家人的信中，提到當時清華的學生因參加北京的學生運動，而遭校方議處，許多人為了避免延遲出洋，遂向校方悔過，獨聞一多和潘光旦「決不出賣人格以早出洋」，遂在清華多留了一年，在信中，聞一多對潘光旦如是稱揚：「聖哉光旦君，令我五體投地，私心狂喜，不可名狀。」（參頁 28～32）出國後，又同是「大江會」的一員。在西南聯大，是同事也是政治立場相同的同志。聞黎明說潘光旦是「聞一多一生中交往最久的密友之一」（《聞一多傳》，頁 17），實不為過。

〔註 22〕　參吳立昌撰《精神分析與中西文學》頁 146 所載，以及潘光旦《性心理學·譯序》（臺北：仙人掌出版社，1970 年 10 月）。《民國時期總書目（哲學·心理學）》（北京：書目文獻出版社，1991 年 12 月）略述了潘作的大要：
就明萬曆年間揚州女子馮小青影戀而死事件，分析女子的性變態心理。第一部分為小青事考；第二部分為小青之分析，下分精神分析派之性發育觀，自我戀，小青之影戀，小青之死與其自覺程度，小青自我戀之病源論，小青變態心理之餘波；第三部分為餘論。（頁 328～329）
尹鴻認為佛洛伊德的文藝觀、批評觀雖在二十年代初已在中國產生影響，但如郭沫若的〈西廂藝術上之批判與其作者之性格〉和周作人評郁達夫小說《沈淪》等文章，「這些文章的基本構架和主體視角還不完全屬於精神分析學。而中國的第一部，迄今為止也是唯一的一部自覺運用精神分析模式考察文學現

　　而根據《聞朱年譜》及《談聞一多》頁 73～77 所載，1926、27 年間，聞一多有很長的一段時間下榻在上海潘光旦家。在這段時間裡，他爲潘光旦《小青之分析》一書繪製了插圖，〔註 23〕也寫出了〈詩經的性慾觀〉一文發表在《時事新報》上。

　　掌握了以上的訊息，我們就可以了解聞一多援佛氏學說以解《詩》並非偶然，我們無法確知聞一多他在美國時是否曾留心過精神分析學派的理論，然而始自清華時期 Mordell 一書的影響，往後他與潘光旦之間的切磋，倒是可以得到確切證實的。在西南聯大時，潘光旦翻譯了靄理士的《性心理學》，1944 年 9 月稿成題詩五首，其一云：「二南風教久銷沈，瞎馬盲人騎到今；欲挽狂瀾應有術，先從性理覓高深。」（轉引自程靖宇〈追懷潘光旦先生〉，《傳記文學》，第 39 卷第 1 期，頁 57，1981 年 7 月）此處「性理」指的當然不是宋明理學慣談的範疇，而是西方傳入的性心理學，潘光旦此詩直是聞一多援性解《詩》的代言。

　　其實，聞一多對佛洛伊德學說的繼承，只是表象很重視性的這一層面，好比取一瓢於三千弱水之中，只汲取了一個很淺的概念，然而到了聞一多的手中卻轉爲說《詩》的一把利器。處於佛洛伊德學說在中外學術界、文藝界活躍的年代裡，相信有很多的機會，讓東方的聞一多遇到西方的佛洛伊德，轉而從最古典的詩篇中探訪出最新的意義——雖然聞一多再三強調這是初民最原始、最古老的本義。

第四節　援性說《詩》的影響

　　聞一多援性說《詩》的解釋，由於太過新奇，後來的《詩經》註譯本中，

　　　象的批評專著則是潘光旦對明代女詩人馮小青的分析和研究。」（《徘徊的幽
　　　靈──弗洛伊德主義與中國二十世紀文學》，頁 196～197）
〔註 23〕《民國時期總書目（哲學・心理學）》云：「初版書前有敘言，聞一多的插圖」，
　　　又言潘書 1929 年 8 月訂正再版時，書名改爲《馮小青》（出處同前註）。聞一
　　　多所繪的插圖，新《全集》，第 11 冊，《美術》，頁 4～5 有載。潘絜茲先生說明
　　　了獲得這一幅畫的始末：
　　　　聞一多先生《馮小青對鏡圖》是 1927 年爲潘光旦《小青之分析》一書所作
　　　　的插圖，該書由新月書店出版，因印製未精，故 1929 年再版時，聞先生即
　　　　抽回自己保存。1935 年他在北京清華大學任教，選修《楚辭》課的學生孫
　　　　作雲與他過從甚密。這幅作品夾在筆記本內，孫借閱時發現，聞先生即慷
　　　　慨貽贈。1951 年作雲同志和我同在北京歷史博物館工作，又把它轉贈給我。
　　　　（〈聞一多的馮小青對鏡圖〉一文的〈附記〉，《中國藝術》，創刊號，頁 70）

採信其說的並不多。然在大陸學者評述聞一多《詩經》學的文章裡及一般的研究論文，卻屢見聞一多〈高唐神女傳說之分析〉、〈說魚〉兩文推論的證據、結論被引述。且或稱道聞一多之說確鑿不可易，彷如聞一多揭開了千古之祕，讓人豁然明白在極平常的字眼裡所蘊含的言外之意。

大陸學者佘斯大說「〈說魚〉是一篇值得十分重視的論文」，聞一多所獲得的結論是「令人信服的」：

> 聞一多先生對上古隱語進行了考察，列舉了大量的證據，甚至聯繫到許多近代民歌，詳細說明了《詩經》中「魚」字及有關魚字的許多語句的真實含義。結論是令人信服的。（〈聞一多先生古代文學研究之始探〉，《華中師範大學學報》，1987 年第 2 期，頁 74，1987 年3 月）

涂元濟〈說鳥魚〉一文，言聞一多〈說魚〉和〈高唐神女傳說之分析〉二文「揭出『魚』的象徵意義，無疑是十分正確的」（《民間文學論壇》，1989年第 2 期，頁 63）。陶長坤則說聞一多「較早地認識到生殖崇拜文化與《詩經》象徵藝術的關係」，以為〈說魚〉一文便是這方面的重要研究成果：

> 通過〈說魚〉將表面看來似乎風馬牛不相及的生殖崇拜與《詩經》象徵藝術的內在聯繫縝密地清理出來，令人耳目一新，嘆為觀止。
> （〈詩經象徵藝術探微──兼與王齊洲同志商榷〉，《內蒙古師大學報》，1993 年第 1 期，頁 86，1993 年 3 月）

這裡，陶先生用「耳目一新」、「嘆為觀止」來盛讚聞一多的創說。自聞一多此論一出，《詩經》一書遂充斥著許多的隱語及性的象徵。特別是一些別開生面、尋求突破的文章，及採民俗學、文化人類學觀點的著作，或以其說作為論證的出發點、或以其說作為推論的佐證。

最早受聞一多影響的著作，首推聞一多的學生孫作雲所撰〈詩經戀歌發微〉一文，﹝註 24﹞在第四小節〈從禮俗中所凝固的戀愛讔語〉裡尤其明顯，皆本聞一多〈說魚〉而論，談釣、魚、飢諸字的隱喻之義（《詩經與周代社會研究》，頁 316～320。北京：中華書局，1966 年 4 月）。

﹝註24﹞ 該文文末作者按云：「本文一部分論點，在學生時代，曾寫入讀書報告，解放後，載於《文學遺產增刊》5 期，1957 年出版。」李家樹〈談讀《詩》之法──從孫作雲「詩經戀歌發微」說起〉曾加以討論，可參照。（《文學遺產》，1983 年第 2 期，頁 14～21，1983 年 6 月）

　　如李辛儒《民俗美術與儒學文化》第二章〈儒學生殖思想與民俗美術的
發展〉，亦是本聞一多〈說魚〉一文發揮（頁 52～77。北京：中央民族學院，
1992 年 7 月）。楊琳〈「雲南」與原始生殖觀〉一文，也是本自聞一多新說的
啟發而得（《社會科學戰線》，1991 年第 1 期，頁 80～89，1991 年 1 月）。

　　趙沛霖《興的源起──歷史積澱與詩歌藝術》一書也受到聞一多的若干
影響，在第一章第二節〈魚類興象的起源與生殖崇拜〉可以顯然地看出來，
除引述了聞一多〈說魚〉外，且說聞一多「以『魚』來代替『匹偶』或『情
侶』的隱語」的看法，已成「不刊之論」（頁 24。北京：中國社會科學出版社，
1987 年 11 月）。

　　吳培德〈淺談詩經中的性愛隱語〉由篇題即可見其受聞一多影響的痕跡，
其文約三分之二引述聞一多之說，三分之一補充各國風俗等以證成聞一多的
新論，並云〈說魚〉一文指出的「魚是匹偶的隱語，打魚、釣魚等行為是求
偶的隱語」、「以烹魚或吃魚喻合歡或結配」等說，「證之《詩經》，聞說確鑿
不易。」（《雲南師範大學學報》，1991 年第 5 期，頁 37，1991 年 10 月）

　　大陸地區的學者自然受聞一多影響較深、較廣，而當聞一多的著作流傳
到海外時，同樣說服了某些研究路線較特別的學者──或者可以說這種特別
的研究路線，可能是受聞一多著作的啟發所致。日本學者白川靜《詩經研究》
一書中，凡魚、飢、食、雲、雨等字皆從聞一多的新解，受聞一多的影響昭
然可見。〔註 25〕臺灣的李辰冬教授說由聞一多諧聲廋語的啟發，使他了解了

　────────────

〔註 25〕茲撮錄白川靜《詩經研究》的文字數則，以窺其受聞一多影響之一斑：
　　　1、註〈鄭風・緇衣〉「予授子之粲兮」：「粲，同餐，雖似食事，實滿足對方
　　　　欲望的隱語。」（頁 46）
　　　2、釋〈衡門〉「魚」字云：「隱語，暗指女子。」又云：「魚是女子的善譬，
　　　　新婚之歌必排比魚名。河魚和女子關係之深，讀〈邶風・谷風〉等離婚詩
　　　　即可領會，詩云：『毋逝我梁，毋發我笱』，離異訣別之詩句尚如此取譬，
　　　　何況說愛。」（頁 48）
　　　3、頁 161、162 云：
　　　　　如上文舉敘的釣魚動機，其他例子甚多，〈齊風・敝笱〉云：「敝笱在
　　　　梁，其魚魴鰥，齊子歸止，其從如雲。」……三章疊詠，各章所舉魚
　　　　名不同。末句「齊子歸止，其從如水」，雲、雨、水亦是具有連想意味
　　　　的語詞。……戀愛詩亦多魚之構思動機，〈衛風・竹竿〉云：「籊籊竹
　　　　竿，以釣于淇……」……第一章亦言「釣」，〈陳風・衡門〉及〈曹風・
　　　　候人〉以食魚表示與女性交往的象徵。
　　　4、解〈王風・君子于役〉「君子于役，苟無飢渴」云：「飢渴，欲望之隱語。」
　　　　（頁 186）

「采蘩」的意義，因為「蘩」「返」諧音。遂說「出征的時候要祭祀，祭畢的時候，出征的人披些蘩草，以祝其速歸」。〔註26〕在周策縱《古巫醫與「六詩」考──中國浪漫文學探源》一書的上篇：〈從《詩經》裡的葛屨論古代的求生祭「高禖」與郊祀〉，也有本聞一多之說的情形（頁 5～68。臺北：聯經出版事業公司，1986 年 3 月初版，1989 年 3 月第 2 次印行）。香港的陳炳良〈說「汝墳」──兼論《詩經》中有關戀愛和婚姻的詩〉、〈從采蘋到社祀──讀《詩經》箚記〉兩文，亦是本聞一多的意見以立說的文章（《神話‧禮儀‧文學》，頁 71～90、頁 91～111。臺北：聯經出版公司，1985 年 4 月），可見聞一多此說的風靡。〔註27〕

5、解〈唐風‧綢繆〉「飲之食之，教之誨之，命彼後車，謂之載之」云：「此詩的『飲食』是否如字作解是很有問題的，飲食之語多射男女之情。」（頁189）

以上據杜正勝中譯本，臺北：幼獅文化事業公司，1974 年初版，1982 年 5 月3 版。

〔註26〕李辰冬《詩經研究》說：

更由聞一多諧聲廋語的啟發，使我們了解〈采蘩〉〈采蘋〉兩詩的意義。〈采蘩〉篇說：「于以采蘩，于澗之中。……被之祈祈，薄言旋歸。」〈七月〉篇說：「春日遲遲，采蘩祁祁。女心傷悲，殆及公子同歸。」〈出車〉篇也說：「采蘩祁祁，執訊獲醜，薄言還歸。」三篇裏，凡言采蘩都與「還歸」有關。然從什麼地方還歸呢？〈出車〉篇說：「執訊獲醜，薄言還歸。」是從戰場上旋歸。如此講來，采蘩與戰爭有關。由此，使我們想到蘩返的諧音。原來出征的時候要祭祀，祭畢的時候，出征的人披些蘩草，以祝其速歸。（頁 311，臺北：水牛出版社，1974 年 4 月）

〔註27〕這麼多借重聞一多創說或本之以申論、發揮的著作裡，常未對聞一多的推論重新考量，遂以其說為真理，由前面所引白川靜的說法可看得出來。加以引申、補充的部份，也或有大膽、不夠審慎之虞，如前註所引的李辰冬之說。筆者不煩一一駁辯，茲舉陳炳良先生的兩處文字以言之。

對聞一多說「食」為性交之義，陳先生補充了《左傳》襄公二十六年「平公入夕，共姬與之食」一條為證，指這裡的「食」字正可呼應聞一多「性交」之論（《神話‧禮儀‧文學》，頁 79）。茲將《左傳》較完整的文字引錄於下：

初，宋芮司徒生女子，赤而毛，棄諸堤下，共姬之妾取以入，名之曰棄。長而美。平公入夕，共姬與之食。公見棄也，而視之，尤。姬納諸御，嬖，生佐。

由這段文字看來，平公傾心的對象是美貌的棄，共姬遂送棄給平公作為御妾，生子佐。「食」在此若解作共姬與平公有曖昧的關係，於文義不通。且共姬何許人也？杜預注云：「平公，共姬子也。」

陳先生又說：「在祭祀時，參加的人大都盡情飲食。」引述了《詩經》中的〈楚茨〉「爾殽既將，莫怨具慶，既醉既飽……」、〈既醉〉「既醉以酒，爾殽既將」……及〈鳧鷖〉、〈有駜〉等進食飲酒的詩句，而云：「聞一多已指出進食是性愛的

　　由於聞一多的著作流傳廣遠，又是眾口相傳的民主鬥士，也是郭沫若所稱讚的前不見古人、後不見來者的優秀學者，所以後人不但津津樂道聞一多這種震撼性的新說，且進而以之作爲批評的依據。如常評〈狡童、株林「食」字解〉一文，說高亨《詩經今注》釋〈狡童〉「不與我食兮」爲「不和我在一起吃飯」、釋〈株林〉「朝食于株」爲「吃早飯」，認爲這樣解釋「食」字並不妥當，遂採錄聞一多說古人稱性交爲「食」的觀點以駁之（《學術研究》，1983年第 3 期，頁 61）。劉毓慶〈評余冠英先生《詩經選》——兼與余先生商榷〉一文，說余先生之作的缺點是研究方法陳舊，沒有像聞一多、孫作雲一樣用民俗學來解《詩》。又說余先生解釋〈關雎〉的「雎鳩」一詞時，云「未詳何鳥」，是不夠的，劉毓慶補充道：

> 只要從民俗學的角度考慮一下，便會發現，古代民歌中，往往有以釣魚、食魚或水鳥撈魚來象（引者按：漏「徵」字）戀愛、婚姻的顯證（原註：參見聞一多〈說魚〉），這裡乃是用魚鷹的求魚，比喻男子的求愛。（《晉陽學刊》，1985 年第 6 期，頁 79）

言下之意是在批評余先生沒有根據聞一多〈說魚〉的創見來剖析詩歌的深層意涵，未能透視「雎鳩」在詩篇中的隱喻意義，是以有所不足。劉先生又說：

> 使人難以理解的是，前人已從民俗學的角度解決了的問題，余先生亦未能採取。如關於〈召南·野有死麕〉，聞一多早就指出，男子是以「全鹿爲贄」的……這是古代社會的一種求愛方式，可是余先生卻未予理會。（同上）

　　如果高亨、余冠英先生未曾看過聞一多的著作，以上兩位的批評，猶有補充新解以供參考的作用。問題是：高亨、余冠英都是卓有成就的老學者，幾十年來，聞一多著作在大陸流傳如此廣泛，要說兩人不知道聞一多採民俗學解《詩》以及〈說魚〉等令人耳目一新的論述，那是不可能的。〔註 28〕尤

隱語；而飲酒至醉的原因，大概是主祭者須要作交媾之事。這和古代羅馬的酒神狂歡（Bacchanalia）一樣。」（《神話·禮儀·文學》，頁 97～98）這種新異的推論，缺乏可信的證據和說明，讓觥籌交錯的飲宴形容，也成了性交的暗示，豈能服人？

〔註28〕高亨曾讚美聞一多解〈新臺〉「鴻」字爲「蟾蜍」是「《詩經》研究中的一大發明」（轉引自韓明安《詩經研究概觀》，頁 19。哈爾濱：黑龍江教育出版社，1988年）。《詩經今注》將〈新臺〉的「鴻」字解爲蝦蟆，亦是從聞一多之議。余冠英的《詩經譯注》、《詩經選譯》、《詩經選》釋「鴻」字亦從聞一多〈詩·新臺鴻字說〉之論（請參本論文第五章〈「詩·新臺鴻字說」研究——兼論聞一多

其是余先生，在 1946 年 11 月還被清華大學梅貽琦校長聘爲「整理聞一多先生
遺著委員會」七個成員之一。〔註 29〕沒有採用聞說，那當然是出自於作者的
取捨和考量。常評和劉毓慶先生似乎是以聞一多之說爲確切的眞理、唯一的
標準，所以高亨和余冠英不同於聞一多的看法，就是錯誤和不足的。於此，
可以反映出聞一多之說影響的深刻，然而這種批評過於主觀，不足爲訓也是
顯然的。

　　以上是就聞一多〈高唐神女傳說之分析〉、〈說魚〉結論的接受情況來說。
就聞一多推證的方法而言，用廋語、隱語來解《詩》的方法，也造成了影響。
前面所述的一些學者的論著中間有述及，張啓成《詩經入門》有〈詩經的隱
語及其特殊含義〉一節特別介紹聞一多之說，討論通過對「隱語」的透視來
解《詩》的奧祕（頁 128～136）。

　　把這種說《詩》方法再強調、擴大運用到極端的則當屬李平心的〈詩經
新解〉。該文通篇使用雙關、諧語、廋言、隱喻、隱語等方式來發前人未解之
祕。以〈葛覃〉爲例，他說：〈葛覃〉是一篇看似易解其實涵義最晦的詩，他
認爲聞一多雖是現代解《詩》創獲甚多的學者，但對此詩由於沒有掌握「廋
言隱喻」的方法，所以有誤說──這實是「以其人之道還治其身」。接著，他
用「廋言隱喻」的方法對此詩進行解析，茲錄其「新解」數則如下：〈葛覃〉
之葛，實隱指一個貴婦，而中谷則隱指她的丈夫。「葛之覃兮，施于中谷」，
即以葛藤蔓延於中谷，隱喻多年依附於她的顯貴丈夫。「維葉萋萋」，葉與萋
萋亦爲雙關詞，「葉」諧「攝」，「萋」諧「妻」；意謂她嫁給那位貴族，成爲
丈夫的內助。又說「薄汙我私，薄澣我衣」二句「最不易解」，認爲「私」之
本義爲臣，即古之奴隸，這裡是指婢妾。「汙」從于聲，讀呼。而「衣」字爲
雙關語，實讀爲依，指隱衷而言。所以兩句詩的意思是：趕快吩咐婢女，爲
她申訴隱衷，洗刷她的冤屈。最後李平心說：「只有掌握了全詩的諧讔格律與
比興交錯手法，〈葛覃〉一篇的潛義微旨才可豁然大明。」〔註 30〕

　　　　的治《詩》方法〉）。由此，當可略知兩位學者對聞一多的著作絕不陌生。
〔註 29〕朱自清 1947 年 7 月所作的〈聞一多全集編後記〉云：
　　　　去年十一月清華大學校長聘請了雷海宗、潘光旦、吳晗、浦江清、許維
　　　　遹、余冠英六位先生，連我七人，組成「整理聞一多先生遺著委員會」，
　　　　指定我作召集人。（新《全集》，第 12 冊，頁 458）
　　　　該文後續雖說余冠英是負責整理樂府和唐詩的，但已足見余先生和《聞一多
　　　　全集》的淵源甚深。
〔註 30〕李平心〈詩經新解〉原載《中華文史論叢》，第五輯，頁 40～46，1964 年。

全文都是這樣漫天附會牽說，彷彿《詩經》是一部謎語，一字一句，都成了謎題，只得透過廋言、隱語爲手段以探訪出詩篇的「潛義微旨」，其誤固不待多辨。解《詩》好用雙關、諧隱，這本是聞一多說《詩》的特色之一，李平心「青出於藍」，紕繆更加顯然。他好奇尚異之弊，雖不應由聞一多負其全責，而後人從其中應該可以體會到：如果不是通過「批判地繼承」，學之反適足以害之的道理。

第五節　援性說《詩》的省思

與聞一多一樣，同是拿民歌的研究心得作爲解說《詩經》的參照，又同是對《詩經》的興句格外注意的顧頡剛，對興句的研究所得卻與聞一多的理解大相逕庭。顧氏〈起興〉一文引了幾首歌謠開頭的興句表現來論述歌謠起興的情形，例：

> 螢火蟲，彈彈開，千金小姐嫁秀才。……
> 螢火蟲，夜夜紅，親娘績苧換燈籠。……
> 蠶豆花開烏油油，姐在房中梳好頭。……
> 陽山頭上竹葉青，新做媳婦像觀音。……
> 梔子花開心裏黃，三縣一府捉流氓。……

顧氏由此認識到興句有押韻的效果，也作爲歌謠的一個起勢，但與以下的文義是無關的，所謂「山歌好唱起頭難，起仔頭來便不難」。本著這樣的了解，所以顧頡剛認爲〈關雎〉一詩以「關關雎鳩」來興起淑女與君子，乃是：

> 作這詩的人原只要說「窈窕淑女，君子好逑」，但嫌太單調了，太率直了，所以先說一句「關關雎鳩，在河之洲」，它的最重要的意義，只在「洲」與「逑」的協韻。至于雎鳩的情摯而有別，淑女與君子的和樂而恭敬，原是作詩的人所絕沒有想到的。(《古史辨》第三冊，頁676)

在聞一多看來暗含全詩意旨所在的興句，顧頡剛卻以爲只是作爲起頭與押韻之用而已，與下文的意義一點關係也沒有。面對同一個素材，同是以歌謠的觀點視之，卻得到完全相反的研究成果，這個弔詭的產生，除個人預設的一

又收錄於《李平心史論集》，頁101～131。北京：人民出版社，1983年9月。
正文中所論見該書頁102～105。

些成見所導致以外，也肇因於他們對民歌引證及觀察的片面性。

如果依顧頡剛所舉證的民歌來看，興句確實是如他所說與以下詩句文義無關，《詩經》中也存在著類似的情況。譬如三篇〈揚之水〉皆以「揚之水」起興，在〈王風〉中是興起「彼其之子，不與我戍申。懷哉懷哉！曷月予還歸哉！」說的是戍役心聲；在〈鄭風〉中興起的是「終鮮兄弟，維予與女，無信人之言，人實迋汝」，談的是兄弟之情；而〈唐風〉中接著說的是「素衣朱襮，從子于沃，既見君子，云何不樂」，頗類情歌。這樣的興句與顧頡剛所引述的民歌，如以「螢火蟲」起興，接著的可以是「千金小姐嫁秀才」，也可以是「親娘績苧換燈籠」，情況是頗爲相似的，興句之後可以接幾種完全不同的情境與文義，我們沒法子強說興句與以下的文義有何關連，否則即扞格難通。〔註31〕

然而顧頡剛從民歌中所得的起興情況，只是局部的眞理，我們可以看到許多的歌謠的起興是匠心獨具的，譬如《詩經》中言婚嫁就說「桃之夭夭，灼灼其華」（〈周南‧桃夭〉），道棄婦就以「習習谷風，以陰以雨」爲興（〈邶風‧谷風〉）。顧頡剛所指出的局部的眞理，只可以用來說明《詩經》中部份類似的情況，而不能含括所有的起興現象，這是顧氏論述不周延之處。聞一多的研究進程，在某些地方也重蹈著顧頡剛論證的錯誤。

聞一多〈說魚〉所引證的民歌多達數十首，茲引數首於下：

〔註31〕　日本的學者白川靜對〈揚之水〉三篇特殊的見解，廣爲學者所知。由於筆者正文中並不採信其說，白川靜於中國現代的學者中又頗推重聞一多，採用「民俗學」的研究方法也與聞一多一致，故筆者在此略加討論。

白川靜認爲「歌謠源於撼動神明，祈禱神靈的語言」，詩篇的興「出於要與神靈交通而發的吟唱，興的表達是暗示性的，吾人猶可從歌謠擁有的古代咒歌機能之遺痕，尋覓其本質」。本著這樣的了解，所以他認爲採用民俗學的方法研究《詩經》「相信必奏奇力」。他說題爲〈揚之水〉的詩篇，有「不流束薪」、「不流束楚」之語，可見「這些詩篇也許顯示水占的民俗，從山柴在水上的漂流占測吉凶和成敗。水占是依據水裏漂物是否受到岩石的阻礙來預占的，日本也有這種風俗。」又舉日本的詩篇爲證，如《萬葉集》中有詩云：「伊人久別離，饒石清且淒。借水問安否，伊家在河西。」（以上見白川靜著、杜正勝譯《詩經研究》第一章〈古代歌謠世界〉）

只因「日本也有這種風俗」，而且日本的詩歌中也有描述水占之事，就本之以言〈揚之水〉詩所說的就是水占，而不論中國在先秦時是否有水占的風俗，也不論〈揚之水〉的「不流束薪」、「不流束楚」並沒有「借水問安否」這麼明白的指向水占。在筆者看來，推論的證據十分薄弱，是以對結論抱著極大的懷疑。

> 新來秧雀奔大山，新來鯉魚奔龍潭，新來小妹無奔處，奔給小郎做
> 靠山。
> 一條河水清又清，兩邊繞有打魚人，打魚不得不收網，連妹不得不
> 放心。
> 一林竹子砍一棵，不釣深灘釣黃河，深灘黃河哥不釣，單釣城裏小
> 么婆。
> 天上下雨地下滑，池中魚兒擺尾巴，那天得魚來下酒，那天得妹來
> 當家。

在這些歌謠中，我們認同聞一多所說的「魚」「釣」是別有所指的說法，但我們如何確認到那是一種隱語的呢？其實不是從「魚」字本身出發，而是由整首民歌前後文的意思認識到這是一首情歌，再加上對其修辭的觀察來判定的。如聞一多舉以為例的歌謠中，有些字面雖有「魚」字，然而由整首民歌前後文來考察，卻難以認同「魚」是情侶的隱語，例：

> 山歌好唱難起頭，木匠難造弔角樓，瓦匠難燒透明瓦，鐵匠難打細
> 魚鉤。
> 大河漲水灘對灘，沿河兩岸紫竹山，別人說他沒有用，我說拿做釣
> 魚竿。

平心而論，這兒所說的「魚」就是普通的魚而已。其實聞一多也和顧頡剛一樣，犯了用「局部」來概括「整體」的錯誤，於是民歌或《詩經》中的魚，在別人看來只是「魚」，在他看來皆有言外之意，而造成曲解詩意的現象。當然這或許也是因為他受佛洛伊德的學說影響，持了一些成見在先之故，遂使得他在解讀《詩經》時，以為那都是「性」的象徵、隱語。

　　況且聞一多所引數十首的民歌，都明白的寫著是某地的「情歌」，既已有題旨，把魚、釣魚往情侶間的對待解釋，大都不致過於離題，而三百篇的詩旨，多數有些模稜，不易完全肯定。所以民歌和《詩經》的詩篇間，又難以一概而論。

　　佛洛伊德論「性」是其學說的重心，然而也是最受爭議之處。我們可以從下面兩段話來了解佛氏論性招來的反對聲浪。佛洛伊德在《性學三論·第四版序》中欣喜世界各地對精神分析學的興趣未因戰爭而受摧抑，但是感慨「理論的各部份並未受到平等的待遇」：

> 精神分析學裏純然心理學的課題與發現，諸如潛意識、潛抑作用、

衝突（conflict）之致病能力、疾病狀況所帶來的好處、症狀發生的
轉機等等，日漸贏得許多人的了解，甚至與我們觀點不同的人也不
能不注意它們。然而關於理論的其它部份，其精義已包含於這本小
書裏的（引者按：指《性學三論》一書），瀕近生物學邊緣，反對之
聲仍不稍減。甚至某些一度對精神分析學極具興趣及熱誠的人，竟
也放棄這個看法。（《性學三論》，頁 15）

Hendrik M. Ruitenbeek 在《性學三論‧引言》中也提到精神分析學以眾說紛紜
爲特徵，所以如此，乃肇因於對佛氏性學理論的懷疑：

許多這類的「異端」，或者乖離佛洛伊德理論，或者加以修改，類皆
源自對於佛洛伊德性學理論的不滿，他們反對佛洛伊德不管在個人
或社會方面皆強調「性」爲人類行爲之根本基礎。當楊格（Jung）、
阿德勒（Adler）、奧圖‧戀克（Otto Rank）——所有佛洛伊德知名
的早期弟子——叛離佛洛伊德，放棄其部份理論時，他們的異議主
要針對的乃是佛洛伊德以「性」爲中心的看法。許多其他私淑佛洛
伊德學說的心理學家，常把他的理論改頭換面，同樣地也是因爲他
們不能同意佛洛伊德的過份強調本能，特別是性本能的地位。（《性
學三論》，頁 1～2）

由以上兩段話，可以知道佛洛伊德透視心理問題時，過份強調性本能而忽略
了其它重要的因素，確有其不足，是以遭到較多的反對，包括他的弟子都叛
離了他的說法，所以在援用佛洛伊德這部份的學說時，就更要小心的檢證。
然而，佛洛伊德的學說傳入中國卻沒有經過這種嚴謹的判斷過程。

　　清末以來，外敵迫境，船堅砲利撼動了知識份子幾千年來對傳統儒學的
尊崇。振興中國既不再乞靈於傳統，因此更熱情的接受了西方來的最新理論
——特別是科學，以營造中國新的契機。然而真正感興趣的不是科學的具體
細節，「只是希望借助於一種截然不同的解釋系統來擺脫傳統重壓和束縛，以
求得思想上的解放」。林基成指出，精神分析學傳入中國，並不像 Brill 譯介佛
洛伊德學說進入美國一樣經過臨床的考察，始終都是未經病理或心理試驗證
明過的理論。而中國學術界對佛洛伊德學說最熱衷及感興趣的是關於身體的
學說這部分，譬如無意識的存在、壓抑、衝突及性慾在人意識及無意識發展
中的地位等等，而這恰是佛氏學說中最少科學成分、最難作證明的部分。如
同其它的西方理論一樣，佛洛伊德的學說就理論本身而言，大多未被中國學

術界真正了解和接受，它們之所以能發生影響，乃是因為這些理論即使是在最淺層次上，也讓處於長期封閉狀態的中國人大開眼界，因而用了一種不科學──神話式的方式接受了佛洛伊德的學說。「即使是科學的東西，如果不是基於科學的接受，也會在接受者手裏成為非科學的東西，更何況佛洛伊德學說本身就帶有很多近似神話式的解釋及神秘成分」（林基成〈弗洛伊德學說在中國的傳播：1914～1925〉）。

於此，我們也可以理解到聞一多用佛洛伊德理論解《詩》的一個接受背景，他不見得精通佛洛伊德的學說，不見得熟讀過佛洛伊德論性的著作，只拈出了佛洛伊德強調性本能的論點來解讀中國古典的詩篇，以求得詮釋上的突破。當傳統的「聖經」觀念崩解以後，聞一多為《詩經》研究開闢一條出路，其企圖無疑是可取的，然而所開闢的是新的康莊大道或是有亡羊之虞的歧路呢？在我們不以神話式的方式來接受佛洛伊德性學，及不帶有「性」的眼光來看《詩經》詩篇時，答案自是不言可喻。聞一多反對漢儒以美刺說《詩》，而在聞一多的論證中，我們隱隱的感覺到，他已然掉入漢儒見到〈周南〉、〈關雎〉，就聯想比附到后妃之德的魔障裡去了，只是比附的對象改為「性」而已。

第四章 《詩經》時代嫁娶正時論
——聞一多觀點的商榷

第一節 關於嫁娶之候

前人論嫁娶之候，可略分為二派：

一、主秋收以後至春耕以前

1、《荀子・大略篇》：「霜降逆女，冰泮殺止。」

2、《春秋繁露》：「嚮秋冬而陰來，嚮春夏而陰去，是故古之人霜降而迎女，冰泮而殺止，與陰俱近，與陽俱遠也。」（卷16，〈循天之道〉）

3、《毛傳》曰：「男女失時，不逮秋冬。」（〈東門之楊〉「其葉牂牂」下）

4、《孔子家語・本命解》：「霜降而婦功成，嫁娶者行焉。冰泮而農業起，昏禮殺於此。」

5、魏晉時王學之徒亦是主此說。

二、主 春

1、〈夏小正〉：「二月……綏多女士。」
　某氏傳：「綏，安也，冠子取婦之時也。」

2、《周禮・地官・媒氏》：「中春之月，令會男女，於是時也，奔者不禁。」

3、《白虎通義・嫁娶篇》：「嫁娶必以春者，春，天地交通，萬物始生，陰陽交接之時也。」〔註1〕

─────────────

〔註 1〕 此據臺灣商務印書館《四部叢刊》本引，《漢魏叢書》（明朝程榮輯，萬曆二

4、〈媒氏〉鄭玄注：「中春陰陽交，以成昏禮，順天時也。」

鄭玄力倡此說，除見於《周禮・媒氏》之注外，注《周易・泰卦・六五》「帝乙歸妹以祉元吉」言：「五爻辰在卯，春爲陽中，萬物以生。生育者，嫁娶之貴，仲春之月嫁娶，男女之禮，福祿大吉。」〔註 2〕又箋注《毛詩》時，在〈桃夭〉、〈行露〉、〈摽有梅〉、〈匏有苦葉〉、〈氓〉、〈野有蔓草〉、〈綢繆〉、〈東門之楊〉、〈東山〉等詩篇中都談到這個主張。

5、魏晉的鄭學之徒、賈公彥的《周禮正義・地官・媒氏》皆主此說。

關於《詩經》時代嫁娶之候的問題，在漢代毛依《荀子》主秋冬，鄭據《周禮》主仲春，毛、鄭各說各話的當下，已展開了第一次的衝突，將這個問題凸顯出來了。鄭玄注《詩》宗毛爲主，然而在這個議題上，鄭玄一點都沒有退讓。第二次的爭議起於魏晉時王肅與鄭玄立異，兩派學者斷斷論辯時，也重彈了這個老調，見載於孔《疏》相關詩篇下及馬國翰所輯著的《目耕帖》。孔穎達等爲《毛詩》作正義時，這棘手的問題也頗讓唐代的學者束手無策。在沒辦法化解兩種皆有所本、各有理據的對立情況之下，只得云：「荀在焚書

〔註 2〕十年刻本）所錄、世界書局《四庫全書薈要》本中的字句和《四部叢刊》本相同，與以下聞氏所引略有出入。

鄭玄這段注文是用「爻辰說」解《易》，屬漢代象數《易》學解《易》的一種方法，諸家對這段文字的句讀略有出入，如：《大易類聚初集・二・周易鄭康成注》頁 4：「五爻辰在卯。春爲陽中。萬物以生。生育者嫁娶之。貴仲春之月。嫁娶男女之禮。福祿大吉。」（臺北：新文豐出版公司，1983年 10 月）

周予同：「五，爻辰在卯。春爲陽中，萬物以生。生育者，嫁娶之貴，仲春之月，嫁娶，男女之禮，福祿大吉。」（《經學歷史・注》，頁 151，注 21。臺北：藝文印書館，1987 年 10 月）

戴君仁：「五爻辰在卯，春爲陽中，萬物以生。生育者嫁娶之貴，中春之月嫁娶男女之禮，福祿大吉。」（《談易》，頁 57。臺北：臺灣開明書店，1961 年 11 月初版，1982 年 2 月 7 版）

劉學智：「五，爻辰在卯，春，爲陽中，萬物以生。生育者嫁娶之貴仲春之月。嫁娶，男女之禮，福祿大吉。」（趙吉惠主編《中國儒學史》，頁 361。鄭州：中州古籍出版社，1991 年 6 月）

林忠軍：「五爻辰在卯春爲陽中，萬物以生，生育者，嫁娶之貴中春之月，嫁娶男女之禮，福祿大吉。」（《象數易學發展史》，頁 160。濟南：齊魯書社，1994 年 7 月）

筆者在正文中的引文，句讀近於周予同、戴君仁先生。關於鄭玄「爻辰說」，後三本書中也有論及，可並參。

之前，必當有所憑據，毛公親事荀卿，故亦以爲秋冬。……鄭不見《家語》，不信荀卿，以《周禮》指言仲春之月令會男女，故以仲春爲昏月。……毛鄭別自憑據以爲定解，詩內諸言昏月，皆各從其家。」無法裁奪，只好「各從其家」，讓毛鄭繼續各說各話。

　　兩千年後，聞一多在〈詩經通義──邶風·匏有苦葉〉注釋中，對這個嫁娶之候的老問題，提出他有別於眾說的新見解，不同於《荀子》、《毛傳》的秋冬說，也不同於《周禮》、鄭玄主仲春之月，他認爲《詩經》時代嫁娶是以春秋兩季爲正時的。聞一多投下這個石頭後，盪漾出一些漣漪來，裴普賢、趙制陽、朱守亮諸位教授都曾就聞一多這個看法加以討論。〔註3〕

　　本文即試著探究聞一多說法的根源、考察所提的證據，再參以其他的史料，本諸詩篇爲證，參酌學者的研究成果來考察《詩經》時代嫁娶以春秋爲正時的說法是否可信。也藉這個主題的探究，窺度聞一多解《詩》對巫術理

〔註3〕　裴教授作〈詩經時代嫁娶季節平議〉一文（原載《幼獅月刊》，第44卷第1期，收錄於《詩經研讀指導》，頁152～158。臺北：東大圖書公司，1977年3月），微引了聞一多及《目耕帖》中束晳等人的看法，結論爲「嫁娶之期，四季均可，可爲定論」。但猶以爲聞一多「所論雖有未當，且不知春秋時代四時聽婚，《詩經》中亦有夏婚，是其疏失；但其論《詩經》以春婚最多，秋婚次之，追論初民婚期與之農作之關係，以爲春秋合男女之俗，乃太古遺風，其說亦持之有故，言之成理。」欲折衷於兩者之間，立場略顯得遊移不定。所作的《詩經欣賞與研究·一（改編版）》頁166論及聞一多釋《詩》的不足時又云：
　　　　其他的缺點還有很多，抹殺地域性的區別，也是其中之一。像他考察周俗的婚期，就沒有注意到春婚之俗是普遍的，而秋婚冬婚只發現在衛國境內，這一點很重要，使我們可意味到秋婚冬婚之俗起於衛人，故《周禮》僅以仲春爲合男女之期。
　　　　其說蓋因聞一多以爲〈衛風·氓〉有「秋以爲期」是秋婚，〈邶風·北風〉有「雨雪其雰」、「攜手同行」等語是冬婚，筆者正文中將加以質疑。若要根據聞一多不甚可信之說而推論：「秋婚冬婚只發現在衛國境內，……使我們可意味到秋婚冬婚之俗起於衛人。」基礎不夠穩，證據也略嫌不足。
　　　　趙教授的看法見於〈聞家驊詩經論文評介〉一文（《詩經名著評介》，頁321～349。臺北：臺灣學生書局，1983年10月），在該文〈聞氏詩說的檢討〉一節中，對聞一多論婚期所提的部份證據予以質疑，矯其偏執，所言雖不多但極爲中肯。
　　　　朱教授作〈詩經毛傳婚期以秋冬爲正時說之商榷〉（《漢代文學與思想學術研討會論文集》，頁565～579。臺北：文史哲出版社，1991年10月初版），云：「解泮爲冰解，……不如解泮爲合，古時結婚以春秋爲正時，謂河結冰尚未封合時爲宜。」此文觀點與聞一多一樣，皆主春秋爲正時。然又云：「所謂正時，是以此季節爲準的意思，並不是沒有任何權宜之計，絲毫不能改變，所以在古文獻中，亦多歧說，任何季節都有，只是春天最多，秋次之，夏又次之，冬最少。」

論運用一端，對其解《詩》的方法學略加評析。

第二節　聞一多的論點

　　聞一多的論點，見於〈詩經通義——邶風・匏有苦葉〉一詩的注釋（《古典新義》，頁 182～186。臺北：里仁書局，1978 年 2 月。本節引述未說明出處者同此），許多以前的學者對嫁娶之候的看法也都是針對〈匏有苦葉〉等詩而發，現將此詩抄錄於下：

> 匏有苦葉，濟有深涉。深則厲，淺則揭。
>
> 有瀰濟盈，有鷕雉鳴。濟盈不濡軌，雉鳴求其牡。
>
> 雝雝鳴雁，旭日始旦。士如歸妻，迨冰未泮。
>
> 招招舟子，人涉卬否。人涉卬否，卬須我友。

再將聞一多主嫁娶以春秋為正時的主要論點整理於下：

一、訓「泮」為「合」，以〈匏有苦葉〉為秋日嫁娶之詩

　　聞一多以為半聲字訓分，亦訓合。他舉《周禮・朝士》「凡有責者有判書」，鄭注曰：「判，半分而合者。」及《周禮・媒氏》「掌萬民之判」，鄭注曰：「判，半也，得耦為合，主合其半，成夫婦也。」等證據而言「泮」當訓「合」。

　　又言詩中所提及的匏葉枯落、渡頭水深、雉雛雁鳴，皆秋日河冰未合以前的景象。如果據《毛傳》訓「泮」為「散」，以冰泮為解凍，則與詩中物候相左矣。故謂「士如歸妻，迨冰未泮」乃指歸妻者要趕在河冰未合以前——即在秋日以行嫁娶，是以此詩為秋婚之證。

二、論古籍談及嫁娶都以春

　　聞一多舉以下古籍證「自古婚姻本以春為正時」：

1、〈夏小正〉：「二月，綏多女士。」

　　某氏傳：「綏，安也，冠子娶婦之時也。」

2、《周禮・媒氏》：「中春之月，令會男女，於是時也，奔者不禁。」

　　鄭注：「中春陰陽交，以成昏禮，順天時也。」

3、《白虎通義・嫁娶篇》：「嫁娶必以春，何？春者，天地交通，萬物始生，陰陽交接之時也。」

三、舉《詩經》詩篇以證春、秋婚較多

　　聞一多以為《詩經》中所見的婚期，以春日最多，秋日次之。〈野有死麕〉

有「有女懷春，吉士誘之」，〈七月〉有「春日遲遲，采蘩祁祁，女心傷悲，殆及公子同歸」的詩句，明言是春日。而〈東山〉曰「倉庚于飛，熠耀其羽，之子于歸，皇駁其馬」；〈燕燕〉曰「燕燕于飛，差池其羽，之子于歸，遠送于野」，〈桃夭〉曰「桃之夭夭，灼灼其華，之子于歸，宜其室家」，都提到春日的物候，所以上述五首詩都是春婚之證。而秋婚只有〈氓〉言「秋以爲期」及〈匏有苦葉〉兩證。聞一多以〈北風〉詩曰「北風其涼，雨雪其雰」，又曰「惠而好我，攜手同車」，故論此爲親迎之詩，是冬婚之例，故《詩經》中冬婚僅此一見。

四、以初民根據感應魔術原理，以爲行夫婦之事，可以助五穀蕃育之理以證其說

聞一多以爲《詩經》中的婚期春最多，秋次之，冬最少，乃因初民根據感應魔術原理，以爲行夫婦之事，可以助五穀之蕃育，故嫁娶必於二月農事作始之時行之。初秋亦爲一部份穀類下種之時，所以嫁娶之事，或有在秋日。但以農事觀點來看，秋之重要不若春，故秋日嫁娶不如春之盛。

又言後來民智漸開，始稍知適應實際需要，將婚期移於秋後農隙之時，《詩經》中冬婚僅有一見，可知當時只偶一行之，非爲常則。及至戰國末年，去古已遠，觀念大變，嫁娶正時乃一反舊俗，舊以農時爲正，今則避農時爲正。

對於戰國末年《荀子‧大略篇》所言「霜降逆女，冰泮殺止」，及魏晉時《孔子家語‧本命解》所申述的「霜降而婦功成，嫁娶者行焉，冰泮而農業起，昏禮殺於此」，兩書所提到的「冰泮」，聞一多以爲與〈匏有苦葉〉的「迨冰未泮」不同，此特作「冰解」而言。蓋因「冰泮殺止」爲相傳的古語，本指嫁娶正時至冰合而止，今以冰合爲冰解，乃曲解舊術語以迎合新事實。

聞一多以爲《毛傳》本《荀子》，主「嚴冬冰盛」時爲婚期；鄭玄本《周禮》，主仲春解凍之後。兩者相較，鄭優於毛。但以〈匏有苦葉〉一詩來看，嫁娶之時當在初秋，毛、鄭之說皆未得之。

第三節 聞一多論點的考察

一、訓「泮」爲「合」，未得「泮」之字義

由於聞一多主春、秋爲嫁娶之正時，若「士如歸妻，迨冰未泮」的「泮」字據《毛傳》釋爲「散」，則此詩證成的嫁娶之候即是冬天了。觀聞一多反駁

舊解所舉的例子，實不足令人信服，僅舉他所引的其中兩條證據以駁之：

第一，《周禮・秋官・朝士》：「凡有責者，有判書以治，則聽。」鄭玄注：「判，半分而合者，故書判爲辨，鄭司農云：謂若今時辭訟，有券書者。」觀鄭注，知所謂的「判書」其性質爲「半分」，其用爲「合」，故不可以用「合」來釋「判」。趙制陽先生指出「凡有責者，有判書以治」的「責」即「債」也，「判書」其實就是債券，原是各取一半，分別保存，「合」是爲了驗證債券的真僞。並引《史記・孟嘗君列傳》敘述馮驩奉命至薛地收債，使民持取借錢之券書以合之，貧不能與息者，取其券而燒之的歷史事件，來說明古代「判書」的使用方式是各執「一半」以存證（《詩經名著評介》，頁 330、331），這是個很有力的舉證，所以「判」字不宜解爲「合」。

第二，《周禮・地官・媒氏》：「媒氏，掌萬民之判。」鄭玄注：「判，半也，得耦爲合，主合其半，成夫婦也。」此更明言「判」爲「半」，即有「分」、「散」之意，而「合」是指媒氏的工作目的、成果，非「判」之義爲合。

除消極反駁聞一多所舉的證據外，尙可以下列證據來積極證成「泮」之義宜從《毛傳》，作「散」解。

（一）《說文解字》釋「半」爲：「物中分也，從八牛，牛爲物大可以分也，凡半之屬皆從半。」《說文》一書中從「半」者有下列數字：

1、伴，大皃。

2、絆，馬繫。

3、袢，衣無色也。

以上三字未能見出「半」之義。

4、泮，諸侯饗射之宮，西南爲水，東北爲牆。

5、畔，田界。

以上二字之義，是由「半」引申而來。

6、胖，半體也。

7、叛，半反也。

8、判，分也。

9、料，量物半分也。

以上四例皆有「半」之義，動詞就是分開、分解之意，名詞就是指一半的物體。

綜觀《說文》中從「半」之字，大多有「半，物中分也」的涵義，雖有三字不具此義，然所有的字，卻都無「合」的意思，《說文解字》可作爲聞一多推斷有誤的證據之一。

（二）《詩經》中除〈邶風·匏有苦葉〉一詩言及「泮」字外，〈魯頌·泮水〉也提及「泮水」、「泮宮」，此爲專名，不予論述。〈周頌·訪落〉一詩中言「將予就之，繼猶判渙」。《毛傳》言：「判，分；渙，散。」裴普賢教授從之，而釋此句爲：「我必將繼承先德，以圖收我所失之分散者，以成其完美。」（《詩經欣賞與研究·三（改編版）》，頁 1592。臺北：三民書局，1987 年 11月）此又可以駁聞一多之說，在此「判」絕非訓「合」。

（三）清朝馬瑞辰、王先謙兩位學者皆主張〈匏有苦葉〉詩中的「泮」字爲「判」之假借，〔註4〕因《說文》訓「判」爲「分也」。其實《說文》雖釋「泮」爲「諸侯饗射之宮」，義本《詩經》「泮宮」，然就其構字的左右兩部份來看，可推知「泮」字的本義可能是指冰解，在「迨冰未泮」詩句中，即用了「泮」字的本義。

（四）聞一多以爲在此詩中，「泮」宜訓爲「合」的理由之一是：若冰泮從《毛傳》釋爲解凍，則與詩中瓠葉枯落、渡頭水深、雉雊雁鳴的秋日物候相違了。然仔細通觀全詩，可知聞一多的顧慮是多餘的，因爲「士如歸妻，迨冰未泮」指的是一種假設，對未來的期望，並不是眼前馬上要進行的事，所以不管這首詩的季節背景是那一季，都可以說「如果有心來娶妻，冰解之前最相宜」的話。也許聞一多就是因過於執著這兩句要與詩篇其它部份的節候一致，才硬將泮字解作「合」，以致造成錯誤的論證。

二、聞一多引《詩經》篇章以證其說，多有附會不足爲據

聞一多舉〈野有死麕〉、〈七月〉、〈東山〉、〈燕燕〉、〈桃夭〉爲春婚之證；舉〈匏有苦葉〉、〈氓〉爲秋婚之證；舉〈北風〉爲冬婚之證，以下逐一討論之，以究聞一多所舉之詩是否足以爲證。

（一）〈召南·野有死麕〉

「有女懷春，吉士誘之」之句及全詩皆未言婚嫁之事，只是寫情侶相悅

〔註4〕馬瑞辰言「泮即判之假借」，見《毛詩傳箋通釋·匏有苦葉》。王先謙言「詩借泮爲判」，見《詩三家義集疏·匏有苦葉》。

之情，不宜作爲嫁娶之證。

（二）〈豳風・七月〉

此詩記載豳地的農民生活情況，因有「女心傷悲，迨及公子同歸」語，而「歸」字，古又常作「于歸」解，遂被認定爲婚嫁之詩。然「歸」字在本詩是指「于歸」嗎？大陸的學者多半不以爲然。夏傳才先生言「〈豳風・七月〉，是反映農奴痛苦生活的名篇。」（《詩經研究史概要》，頁54。鄭州：中州書畫社，1982年9月）孫作雲在〈讀七月〉一文中，把此詩認定爲農奴被領主、田畯統治、管理下所吐出的悲苦心聲（《詩經與周代社會研究》，頁185～203。北京：中華書局，1966年4月）。周滿江的看法亦同，由於對全詩詩旨的體會是如此，在解釋「春日遲遲，采蘩祁祁，女心傷悲，殆及公子同歸」時，「歸」是不作「于歸」解的，周先生言「在一片風和日麗的春光裡，采桑的奴隸姑娘，一面勞動，一面傷悲，由於隨時都有被公子搶走的危機，她們的身體是沒有保障的。」（《詩經》，頁68。臺北：群玉堂出版公司，1991年12月）

大陸學者本著馬列主義、唯物思想，常過份強調階級意識，在他們的著作裡，會有不夠客觀之處。但〈七月〉一詩，有「無衣無褐，何以卒歲」語，且記載了一連串農務、田獵、雜事，深刻的表現了農民的辛苦，又有「爲公子裳」、「爲公子裘」、「獻豜于公」、「田畯」之語，「奴隸」之辭固可商榷，但階級之分是很明顯的，大陸學者對此詩的看法，實有可取之處。屈萬里先生在解釋「殆及公子同歸」句時也說：「其意蓋恐豳公子強與之俱歸也。」（《詩經詮釋》，頁265。臺北：聯經出版事業公司，1983年2月初版，1986年8月第3次印行）裴普賢教授從之（《詩經欣賞與研究・二（改編版）》，頁690）。可見，此詩不宜作爲正常的嫁娶現象來討論。

即使「歸」硬作「于歸」解，然就「迨及公子同歸」的語意來看，詩意所說的也是指未來的事，「于歸」之時可能是春日，也不無夏日的可能，所以不宜將此詩作爲春婚之證。

（三）〈豳風・東山〉、〈邶風・燕燕〉

〈東山〉詩言：「倉庚于飛，熠耀其羽，之子于歸，皇駁其馬。」〈燕燕〉詩言：「燕燕于飛，差池其羽，之子于歸，遠送于野。」此二段文字專言嫁娶之事，有「于歸」之語可證之。而是否明言是春日呢？

裴普賢教授曾作〈詩經黃鳥倉庚考辨〉一文，指出倉庚是指黃鶯，與黃

鳥有別(《詩經研究論集》,頁 379～390。臺北:黎明文化事業公司,1981 年
1 月初版)。黃鶯的特色是鳴聲悠揚動聽,羽毛鮮明,習慣在高大的喬木頂端
築巢,主要活動在樹林的上層,冬季時亦有南遷的現象。(《臺灣鳥類彩色圖
鑑》,頁 197、198。臺中:禽影圖書公司,1980 年 7 月初版)既是飛禽,又
築巢於喬木頂端,若非天寒、氣候不佳,何必一定要春日才能見到「倉庚于
飛」之景呢?以燕子言,牠是屬於候鳥,最大的特徵是寬短扁平的喙能張成
大裂口,形成一個有效的昆蟲陷阱,我們見「燕燕于飛」之景,其實牠是在
捕捉浮遊在空氣中的昆蟲等小動物為食,而冬天昆蟲不飛,無以為食,只好
被迫遷移,所以燕子在冬寒時是見不到的,直到春暖時才從南方遷回。(《世
界動物百科全集》,頁 150。臺北:三豪書局,1977 年)「燕燕于飛」既是為
了獵取食物,故知「燕燕于飛」不只是春日之景,夏日、秋初不太冷時還是
可以見到此景的。當然,不能否認由於是候鳥的緣故,春天時,由無到有,
特別容易感覺到這些候鳥的存在。

還涉及到的一個問題是:「燕燕于飛,差池其羽」、「倉庚于飛,熠耀其羽」
是屬於詩篇中的興句部份,興句部份的詩句是否足以作為論定詩篇節候之確
證呢?這問題併入下面的〈桃夭〉中討論。

(四)〈周南・桃夭〉

聞一多舉此詩首章言「桃之夭夭,灼灼其華;之子于歸,宜其室家」,而
斷此為春日嫁娶之詩。桃花在春天開,而又有「于歸」語,乍看之下,聞一
多之說似無誤。然若通觀〈桃夭〉全詩,則聞一多之說,自無立足之地。〈桃
夭〉詩全文如下:

> 桃之夭夭,灼灼其華,之子于歸,宜其室家。
> 桃之夭夭,有蕡其實,之子于歸,宜其家室。
> 桃之夭夭,其葉蓁蓁,之子于歸,宜其家人。

如果首章之興句「桃之夭夭,灼灼其華」足以證其節候為春,那論定此
詩的嫁娶之候,將無所適從,因為「其葉蓁蓁」必當春日之後,夏日之際;「有
蕡其實」則必待花落、結子,且待子碩大至蕡然,其季節恐怕又當在夏日以
後了,如何能將此詩斷為春日嫁娶之詩呢?

關於「興」,鄭樵《六經奧論》言:「凡興者,所見在此,所得在彼,不
可以事類推,不可以義理求也。」朱子《詩集傳》則言:「興者,先言他物,
以引起所詠之詞。」(〈關雎注〉)至現代學者顧頡剛在〈起興〉一文中,以〈關

雎〉爲例說：「作這詩的人原只要說『窈窕淑女，君子好逑。』但嫌太單調了，太率直了，所以先說一句『關關雎鳩，在河之洲。』牠的最重要的意義，只在『洲』與『逑』的協韻。至于雎鳩的情摯而有別，淑女與君子的和樂而恭敬，原是作詩的人所絕沒有想到的。」顧氏除了以爲興句有押韻之用外，又引「山歌好唱起頭難，起仔頭來便不難」來說明以興句作爲起頭之需要，就像一般的歌謠，常先隨口唱些無關的東西來開頭一樣。（〈起興〉，《古史辨》第三冊，頁 676、677。臺北：藍燈出版社，1987 年 11 月）

　　以上三者所指出起興現象，民歌及《詩經》中都有例可證，然興句亦非全與詩篇內容無關，我以爲裴普賢教授說的：「不必以事類推，不必以義理求。」（《詩經欣賞與研究・一（改編版）》，頁 5。臺北：三民書局，1987 年 11 月）是一種較客觀的態度。不必強求，然若可推可求——不過份求其艱深，則自較視興句爲無關內容，但作起頭、協韻之用的做法，更能深得詩的三昧。

　　束晢《五經通論》說：「凡詩人之興，取義繁廣，或舉譬類，或稱所見，不必皆可以定時候也。」（《玉函山房輯佚書・目耕帖》，卷 13，頁 29。京都：中文出版社，1979 年 9 月）以此原則看「倉庚于飛」、「燕燕于飛」句，但將他們視爲點染嫁娶和樂氣氛之用即可，落實求其節候則泥矣。而〈桃夭〉詩中的「灼灼其華」、「有蕡其實」、「其葉蓁蓁」可視爲對這出嫁女子的讚美、祝福，說她美如桃花而能有子繁衍後代，能使家族壯盛，如此方能與「宜其室家」、「宜其家室」、「宜其家人」，前後呼應。所以，聞一多以此詩首章的興句來論此爲春日嫁娶，實失之片面。

　　（五）〈邶風・匏有苦葉〉、〈衛風・氓〉

　　聞一多釋「泮」爲「合」，而以〈匏有苦葉〉一詩爲秋日嫁娶之證，在前面的論述中已證聞一多訓「合」之不宜，應從《毛傳》釋爲「散」，「士如歸妻，迨冰未泮」，可證此詩談到的婚嫁要在冰未散之前舉行，應是在冬季。而〈氓〉詩中女子對男子言：「匪我愆期，子無良媒，將子無怒，秋以爲期。」則是相約於秋結合。

　　讀這兩首詩，要思索的問題：詩歌始作之初，是因冬或秋爲嫁娶之正時，故有「士如歸妻，迨冰未泮」及「秋以爲期」之語，或者僅是歌謠作時，一時興到所言呢？甚至是采詩者、樂官配樂潤色而成的？觀〈匏有苦葉〉一詩言「濟有深涉，深則厲，淺則揭」、「招招舟子，人涉卬否」，詩中的地理背景既是在河邊，以河的變化狀態來點出時間，也順理成章，寫詩的人未選「迨

冰未凝」、「迨河未漲」……而取「迨冰未泮」，是否有可能是顧慮到與前面韻
腳協韻的因素呢？（按：雁、旦、泮三字押韻）如果肯定三百篇本是作爲樂
歌的一個性質，就不該忽視這個假設的可能性。

〈氓〉詩的「秋以爲期」，秋字不在韻腳，當然無協韻的考慮，但有三點
值得提出討論：

第一，鄭玄一派的學者，論及此詩皆不以爲這是正式、合禮的嫁娶，如
賈公彥《周禮正義·媒氏》疏云：「淫奔之女，不能待年，故設秋迎之期。」
（「令會男女」下疏）鄭玄一派的學者如此看待此詩，當然有要維護他們主張
以中春爲嫁娶之候的用心，並反擊毛鄭一派引此詩以證成秋冬說。我們平心
來看此詩，很難得知到底他們是否是經正式婚禮結合的，對於兩派的說法，
都要有所保留。

第二，假設女子所訂的「秋以爲期」是指正式的婚期而言，也得探究當
時女子是因爲秋是「嫁娶正時」而訂秋爲婚期的嗎？

〈氓〉詩「抱布貿絲」下，鄭《箋》云：「季春始蠶，孟夏賣絲。」孔疏
申其義，引《禮記·月令·孟夏》「蠶事既畢，分繭稱絲」，以見男子來貿絲
的季節爲孟夏。孔《疏》又言：「以男子既欲爲近期，女子請之至秋。」這個
判斷是很有根據的，詩中的女子不允，又有「將子無怒」語，可知男子亟欲
結合，故因女子的不允而不悅。就前後文來看，應只是視當時男子「欲爲近
期」的要求，而訂距夏最近的秋爲婚期，不關乎婚期的正與否。

第三，〈氓〉詩第一章言：「氓之蚩蚩，抱布貿絲。匪來貿絲，來即我謀。
送子涉淇，至于頓丘。匪我愆期，子無良媒。將子無怒，秋以爲期。」從這
一章中我們可以得到兩個訊息：一、男子在貿絲的時候——非秋季，極可能
是夏季時，和女子談到結合之事，女子不允，以無媒之故，非「期」之不當。
二、我們可據此而推知，如果當時有父母之命，媒妁之言，非秋季成婚，詩
中的女子並不介意。

經過上面的論證後，此詩很明顯的不能當作秋季是嫁娶正時的證據，只
能說此詩的男女主角「可能」是在秋日結婚的，如果當初男子把媒人一併請
來，恐怕就是夏婚了。

（六）〈邶風·北風〉

聞一多以此詩有「北風其涼，雨雪其雱」語，明指其季節爲冬，又以詩
中「惠而好我，攜手同車」爲親迎，故將此詩作爲冬婚之證。

《詩序》云：「〈北風〉，刺虐也，衛國並爲威虐，百姓不親，莫不相攜持而去焉。」其言得之，宋學代表朱熹也是從國家危亂將至，人民相率避禍而發揮（《詩集傳‧邶風‧北風》），現代學者如：

1、陳子展：「刺虐也。百姓相約逃離之詞。詩義自明，《詩序》是也。今古文家無甚爭論。」（《詩經直解》，卷3，頁123。上海：復旦大學出版社，1983年10月第1版，1991年6月第3次印刷）

2、高亨：「衛國統治者的政治殘暴，百姓相攜逃去，唱出這個歌。」（《詩經今注》，頁58。臺北：漢京文化事業公司，1984年2月）

3、屈萬里：「此蓋詩人傷國政不綱，而偕其友好避亂之作。」（《詩經詮釋》，頁75）

4、裴普賢：「這是一篇衛人爲逃避亂政，相偕出走的詩。」（《詩經欣賞與研究‧一（改編版）》，頁202）

《詩序》的解釋，歷代學者大都無異議。是故，〈邶風〉詩的「攜手同行」、「攜手同歸」、「攜手同車」雖聞一多執意要解作親迎之事，〔註5〕然而這只是他一家之說，恐難取得學者的共識。通觀詩篇文字，無關親迎、嫁娶，既非嫁娶詩，故不應作爲多婚之證。

三、未能洞見前人論述之可疑，所據古籍不足以證成其說

以聞一多所引的《周禮‧地官‧媒氏》此條資料來看，經文言：「中春之月，令會男女，於是時也，奔者不禁。」所載的是在中春之月舉行的一個活動。鄭玄篤信此書爲周公所作，說：「周公居攝而作六典之職，謂之《周禮》。」（《周禮‧天官‧序官》「唯王建國」注）鄭玄將此書視作周公致太平之跡，援《周禮》來解《詩經》時毫不猶豫，不會懷疑經典的眞實性。然而東漢以來，林孝存說《周禮》是「末世瀆亂不驗之書」，何休認爲是「六國陰謀之書」（引自賈公彥《周禮正義‧序周禮廢興》），二千多年來，對《周禮》的批評、質疑不知凡幾。《周禮》非周公所作，非周朝的實錄，已廣爲多數的學者所接受。既然《周禮》

〔註5〕聞一多《古典新義‧詩經通義——邶風》在〈泉水〉條下云：

〈北風〉篇一章曰「攜手同行」，二章曰「攜手同歸」，三章曰「攜手同車」。案車者親迎之車，歸即「之子與歸」之歸，此新婦贈婿之辭也。《古詩十九首》之十六曰「良人惟古（故）歡，枉駕惠前綏，願得常巧笑，攜手同車歸」，說親迎事而語襲此詩，是其明證。《詩》又曰「同行」者，猶同歸也。女子謂嫁曰適，行亦猶適矣。

不過是理想國的規劃書，〈媒氏〉所述自然不能拿來當作周朝的史實看待。

而且《周禮》的作者在構思這個制度時，並非以此為常態，事實上這應該是正常嫁娶以外的補救措施，否則「奔者不禁」，實在談不上是「禮」了。〈豳風・伐柯〉言：「伐柯如何？匪斧不克。取妻如何？匪媒不得。」〈齊風・南山〉言：「蓺麻如之何？衡從其畝；取妻如之何？必告父母。」以及《儀禮・士昏禮》所載的一些繁文縟節，這都是指正常的婚嫁而言。而所謂的「奔」，就是未經父母之命，媒妁之言，既非正常的嫁娶活動，當然也無法為任何一派的嫁娶正時說撐腰。鄭玄作注時，附會己說而言「中春陰陽交，以成昏禮，順天時也」。王肅也利用〈媒氏〉這條資料以證其說，《孔子家語・本命解》注：「二月農事始起，會男女之無夫家者，奔者，期盡此月故也。詩云：『士如歸妻，迨冰未泮』，言如欲使妻歸，當及冰未泮散之盛時也。」（「冰泮而農桑起，婚禮而殺於此」下注）

鄭、王立場對立，各引〈媒氏〉「奔者不禁」之據以證其說，皆言之成理，鄭玄以為就是因仲春為嫁娶正時，才於此時「令會男女」，而王肅卻主張秋冬為嫁娶正時，在嫁娶正時中未得配偶者，才趕在中春之月「相奔」——此實已逾嫁娶之候。從這裡可看出二派的對立，未能客觀的解讀經文。聞一多在此採鄭玄之注，二選一，不見得就是對經文正確的詮釋。

在鄭玄為〈泰卦〉所作的注中也可看到同樣的附會手法，〈泰卦・六五〉「帝乙歸妹，以祉元吉」，全句中不關節候，而鄭注言：「仲春之月嫁娶，男女之禮，福祿大吉。」

在遍觀鄭玄為《毛詩》所作的《箋》後，其曲解《詩序》附會己說的痕跡更是顯而易見。我們先看看《詩序》對以下幾首詩詩旨的闡釋：

1、〈桃夭〉，后妃之所致也。不妒忌則男女以正，婚姻以時，國無鰥民。
2、〈摽有梅〉，男女及時也。召南之國，被文王之化，男女得以及時也。
3、〈野有蔓草〉，……民窮於兵革，男女失時，思不期而會焉。
4、〈綢繆〉，刺晉亂也，國亂，則昏姻不得其時焉。
5、〈東門之楊〉，刺時也。昏姻失時，男女多違，親迎女猶有不至者也。
6、〈東山〉，周公東征也。……四章，樂男女之得及時也。

以上的詩篇，鄭《箋》不論詩篇的內容，不論《詩序》「及時」、「失時」是否真指嫁娶之正時而言，也不管《詩序》根本未點明節候，於詩篇本文亦無徵，而一律在注中將「時」特指「仲春」，認定「失時」、「及時」指的是有

沒有合禮地在仲春的正時結婚。更奇怪的是〈匏有苦葉〉一詩中，「士如歸妻，迨冰未泮」下，《箋》云：「歸妻，使之來歸於己，謂請期也。冰未散，正月中以前也，二月可以昏矣。」遵從《毛傳》釋「泮」為「散」，而又要兼顧他的主張，遂曲說「歸妻」為「請期」，首尾難以兼顧，實甚為牽強。

對於《詩序》中所提到的「時」，細審其義應是指男女的婚齡而言，「得時」、「及時」是在適當的年齡嫁娶，逾歲未嫁娶者即是「失時」，《韓詩外傳》卷一言：

> 天地有合，則生氣有精矣；陰陽消息，則變化有時矣；時得則治，時失則亂。……故男、八月生齒，八歲而齔齒，十六而精化小通。女、七月生齒，七歲而齔齒，十四而精化小通。是故陽以陰變，陰以陽變。故不肖者，精化始具，而生氣感動，觸情縱欲，反施化，是以年壽亟夭，而性不長也。……賢者不然，精氣闐溢，而後傷時不可過也。（《韓詩外傳今註今譯》，卷1，頁21。臺北：臺灣商務印書館，1972年9月初版，1991年2月6版）

此不以節候論「時」，而就人的生理成熟情況來看，未成熟而觸情縱欲不好，而發展成熟也要注意不可過時。在生理發育成熟之際結婚，就是《詩序》所說的「及時」、「得時」，而逾歲未嫁娶，就是「失時」，從《韓詩外傳》的觀點來看「時」的問題，實較鄭《箋》所言更通達、更合乎《詩序》之意。

而且在古籍中強調婚齡的文獻屢有所見，如：《周禮・地官・媒氏》云「令男三十而娶，女二十而嫁」；《禮記・內則》云男子「三十而有室」，女子「二十而嫁，有故二十三年而嫁」；《穀梁傳・文公十二年》云：「男子二十而冠，冠而列丈夫，三十而娶；女子十五而許嫁，二十而嫁。」《墨子・節用上》云「丈夫年二十，毋敢不處家；女子年十五，毋敢不事人」；《韓非子・外儲說右下》：「令男子二十而室，女年十五而嫁。則內無怨女，外無曠夫。」這些文獻所載，雖對男女適婚年齡的認定略有出入，但反映出當時對婚齡的重視，可以用來支持前面的論證。

第四節　前人嫁娶之候說的總檢討

關於《周禮・地官・媒氏》，前面的論述中言之已詳，此略而不談。

〈夏小正〉此篇經傳的作者，歷代學者有不同的看法，莊雅州先生據前

人之說,加以研判,認爲傳文是先秦子夏、《公羊》、《穀梁》一派學者所爲,大概是戰國末年之作。而〈夏小正〉的經文簡質,而且全無陰陽五行色彩,應是三代古籍,很有可能是春秋時代杞國人所傳先世舊籍,歷經傳寫補充,始成定本,至於其原始材料可以上推到周初、商代、還是夏朝呢?那就很難去考證了(參莊雅州《夏小正析論》,頁 164、165。臺北:文史哲出版社,1985年5月初版)。

〈夏小正〉明言「二月……綏多女士」,實是鄭玄一派有力的證據。由於經文中談到嫁娶的只有這一小段,而代表的年代、地域也很難考證,其語氣只是記錄的口氣,並非嚴格的論斷二月爲嫁娶的正時。胡承珙言此「恐亦期盡蕃育之法」(《毛詩後箋》,卷 1,〈桃夭〉注),莊雅州先生亦不以爲嫁娶應限以時月(《夏小正析論》,頁 153)。

《荀子·大略篇》爲弟子雜錄荀卿之語而成,因皆略舉其要不以一事名篇,故謂之「大略」,荀子已是戰國末年之人,此既是弟子所記,則更晚於荀子了。此篇云「霜降逆女,冰泮殺止」,其言爲《毛傳》、王肅所本。聞一多言「鄭優於毛」,以鄭玄一派的主張比《毛傳》一派合理,然竊以爲《毛傳》及〈大略篇〉之言,可能較鄭玄一派的主張更接近實際的情況,因春秋、戰國時代已進化到農業社會,利用農閒來辦婚事,不是很合乎人情嗎?楊倞注《荀子》云「殺,滅也」,〈大略篇〉所言的是農業社會舉行嫁娶的情況,到冰泮後,因春耕農忙,而婚嫁之事也就減少了,這是很可以理解的。要注意的是:〈夏小正〉、《荀子·大略篇》並未明言、或嚴格的論斷有關嫁娶何時爲「正」的問題。

而《白虎通義》談及嫁娶之候則肯定、堅決地說「必以春」,鄭玄在注各種經書時更是言之鑿鑿。兩者又有一共同之處是以陰陽交接的觀點來看「春」,《白虎通義》說「春」是「陰陽交接之時也」(〈嫁娶篇〉)。鄭注《周禮·地官·媒氏》時說:「中春陰陽交,以成昏禮,順天時也。」此受陰陽五行說的影響昭然可見,欲明此兩者觀念的來龍去脈,遠則應上溯到戰國時陰陽家的學說考察,近則應從漢代陰陽家的承繼和發揚者——董仲舒的《春秋繁露》中來探討。

班固說董仲舒「始推陰陽爲儒者宗」(《漢書·五行志敍》),他援用陰陽家的學說而創出一套天人哲學的系統,深深的影響了漢代的思想文化。《春秋繁露·陰陽義》言:「天亦有喜怒之氣,哀樂之心,與人相副,以類合之,天人一也。春、喜氣也,故生;秋、怒氣也,故殺;夏、樂氣也,故養;冬、

哀氣也,故藏。四者,天人同有之,有其理而一用之,與天同者大治,與天異者大亂。」天人既要合一,而天人如何相副呢?董仲舒又言「陰始於秋,陽始於春」(卷 11,〈王道通三〉),言「陰陽亦可以謂男女,男女亦可以謂陰陽」(卷 16,〈循天之道〉),節候中有陰有陽,而人事中也可分出陰陽,論人事的嫁娶就可以與自然的節候(天)連接起來了,是故得到這樣的結論:「嚮秋冬而陰來,嚮春夏而陰去,是故古之人霜降而迎女,冰泮而殺止,與陰俱近,與陽俱遠也。」(卷 16,〈循天之道〉)乃本〈大略篇〉「霜降逆女,冰泮殺止」之語,來貫通人事:逆女;節候:霜降,兩個代表「陰至」的現象,頗能自圓其「天人合一」之說。

西漢末年至東漢,讖緯、陰陽五行之說愈盛。上以此來蠱惑人民,下以此來干求利祿,除了桓譚、賈逵、張衡、王充等人外,罕有學者能自這迷信的氛圍中超脫。今文經學家固然汲汲營營於此,古文學派亦難免沾染上一些迷信的色彩,《白虎通義》和鄭玄對嫁娶之候的主張是一證。

至西漢末年,劉向父子校書,《周禮》等古文經始獲重視,到了東漢時有凌駕今文經之勢。西漢董仲舒或因未見或不採《周禮・媒氏》之主張,〔註6〕論嫁娶遂從《荀子》之說,而以陰陽、天人合一的觀念來解釋〈大略篇〉有關於嫁娶之言。若以「求眞」的態度來檢核,《荀子》一派的主張與鄭玄一派不同,假使〈大略篇〉「霜降逆女」的作法是法乎天、合於陰陽的,那鄭玄的主張該是違於陰陽、不合天道的,然《白虎通義》和鄭玄本〈媒氏〉之論,而有別於《荀子》、董仲舒,然他們用了同於董仲舒的那套「天人合一」的手法來爲對立的見解張目,竟也能自圓其說——因爲春是節候上陰陽交接之際,而嫁娶是人事上陰(女)陽(男)的結合,所以於陰陽交接的春季裏,男女行嫁娶之事,是最順天時、合於天道的。

將董仲舒和鄭玄的主張相比較後,可凸顯出他們在學術上受陰陽五行、天人合一之說的影響,及爲求天人相應所作的附會解說。不同的主張而用同樣的原理來詮釋,經由附會、曲說,而各自理直氣壯的成立了,不可思議,也不可

〔註 6〕雖然「周官」一詞始見於《史記・封禪書》,然學者大多不認爲此處「周官」即是指《周禮》一書。對於《周禮》一書何時收入秘府,學者說法雖有不同,然《周禮》受到重視是在西漢末年劉向父子校書、王莽居攝之際,已成公論。前此,《禮》學獨重《儀禮》、《禮記》,縱然董仲舒曾讀過秘府所藏的《周禮》,恐亦不以爲意。按:參侯家駒〈周禮來歷〉一節,《周禮研究》,頁 5~13。臺北:聯經文化事業公司,1987 年 6 月。

置信。可以推測的是假如《周禮・媒氏》所記的不是「中春之月」，而是「孟夏之月」、「中秋之月」，鄭玄等人大概也可以經由高明的附會方法來注經，使他們亦都合於「天人合一」之旨。陰陽五行說能夠融入戰國以下的中國文化中，因為所提供的就是這麼一套可以運用在許多方面上、極具彈性的詮釋系統。

　　兩漢學者身處在當時的學術氛圍中，縱如鄭玄般的大儒，亦不免多少受當時學風所左右，這是時代的局限。而後人對他們這種局限，卻不可不察。

　　聞一多以為初民相信「自然感應魔術的原理」，認為行夫婦之事，可以助五穀之蕃育，所以嫁娶必於春秋舉行。這裡他暗用了當時西方文化人類學的理論來作為論證的依據。〔註7〕以下，我們將引用英國著名人類學家、民俗學

〔註7〕劉烜先生云：「聞一多的神話研究，也運用了民俗學、精神分析學的成果。他在昆明讀了弗洛伊德的《禁忌與圖騰》（引者按：臺灣志文版譯作《圖騰與禁忌》，英文書名：*Totem and Taboo*），頗受影響。他1942年寫的〈伏羲考〉，是中國現代神話學史上的一部重要著作。」（〈聞一多與中外文化〉，《聞一多研究四十年》，北京：清華大學出版社，1988年8月）袁謇正、趙慧〈聞一多與中國傳統文化〉一文中也說道：「聞一多還接受了弗洛伊德的《禁忌與圖騰》和容格的神話批評的影響，他的〈伏羲考〉認為龍蛇反映了圖騰意識。」（《武漢大學學報》，1994年第6期，頁17，1994年11月）聞一多不只是用圖騰說來研究神話，〈詩經通義──周南・關雎〉中有云：「三百篇中以鳥起興者，不可勝計，其基本觀點，疑亦導源於圖騰。歌謠中稱鳥者，在歌者之心理，最初本祇自視為鳥。非假鳥以為喻也。假鳥為喻，但為一種修詞術；自視為鳥，則圖騰意識之殘餘。」可見他也用圖騰說來解《詩》。然而，聞一多的圖騰觀何以見得必定是受佛洛伊德的影響？不知所據為何。就筆者所知，圖騰說猶如巫術（或譯作魔術、魔法）的理論一樣，在西方人類學著作中普遍的被提及，特別是在考察一些原始部族的文化現象時。筆者在聞一多〈伏羲考〉文中及相關資料裡並未查得聞一多引用或研讀《圖騰與禁忌》的直接線索，〈伏羲考〉一文只引用到法國倍松著、胡愈之翻譯的《圖騰主義》一書（《神話與詩》，頁28。臺北：里仁書局，1993年9月）。《圖騰主義》原為上海開明書店，1932年11月初版；上海文藝出版社1990年11月影印，為《民國叢書》之一。筆者不知原作者倍松的學術流派、寫作背景，然而閱讀《圖騰主義》一書時，並不覺得此書是本之於佛洛伊德的學說。在此書第八章〈圖騰問題及其解釋的理論〉中，引述了多家之說，只在頁90處，把佛洛伊德視作諸家之一，以簡短的數十字將其對圖騰的解釋帶過。於此可見，倍松之作非本之於佛洛伊德。反而，在研讀佛洛伊德的《圖騰與禁忌》時，筆者發現佛洛伊德多次援引弗雷澤的研究成果，且言：「我工作時最重要的參考書是佛萊則（J. G. Frazer）的四巨冊《圖騰觀與外婚制》（*Totemism and Erogamy*，1910）。」（《圖騰與禁忌》，頁16。臺北：志文出版社，1975年8月初版，1989年4月再版）是以，關於聞一多用圖騰、巫術等理論解《詩》的情況，筆者在處理時，並未將此視為是佛洛伊德學說的影響，因此，在第三章〈古典的新義──談聞一多解《詩》對佛洛伊德學說的運用〉文中，這

家和古典學者——弗雷澤（J. G. Frazer）的人類學名著《金枝》（*The Golden Bough*）來說明這種巫術的現象。〔註8〕

　　弗雷澤把交感巫術分爲兩種：第一是「同類相生」或果必同因；第二是「物體一經互相接觸，在中斷實體接觸後還會繼續遠距離的互相作用。」前者稱之爲「相似律」，後者可稱作「接觸律」或「觸染律」。基於「相似律」的法術產生的法術叫做「順勢巫術」或「模擬巫術」；基於接觸律產生的法術叫做「接觸巫術」。「模擬巫術」誤在於把彼此相似的東西看成是同一個東西；「接觸巫術」所犯的錯誤是把互相接觸過的東西看成爲總是保持接觸的。雖有所分別，但在實踐中這兩種巫術經常合在一起進行（《金枝·上》，頁 21～23）。聞一多所說的初民認爲行夫婦之事，可以助五穀之蕃育，說的就是一種「模擬巫術」的行爲，這在《金枝》書中可找到類似的說明。

　　弗雷澤在〈兩性關係對於植物的影響〉一章中言及有些未開化的種族，「仍然有意識地採用兩性交媾的手段來確保大地豐產」。如中美洲的帕帕爾人在向地裡播下種子的前四天，丈夫一律同妻子分居，「目的是要保證在播種的前夜，他們能夠充分地縱情恣慾。甚至有人被指定在第一批種子下土的時刻同時進行性行爲。」。又云：「爪哇一些地方，在稻秧孕穗開花結實的季節，農民總要帶著自己的妻子到田間去看望，並且就在田裏進行性交。這樣做的目的是爲了促進作物成長。」（《金枝·上》，頁 207～208）走筆至此，我們已經爲聞一多的「感應魔術」說，找到理論的源頭了。

　　對巫術的迷信，儘管是科學文明這麼發達的現代社會，仍有不同程度的殘留，從春節的年俗中就可窺其一斑。然而就歷史的情況而言，最迷信這套巫術的恐怕未必是《詩經》的時代——當時孔子說不知生，焉知死；不能事人，焉能事鬼，《左傳》中也有不少打破迷信的記載，這是個人文主義發達的時代。反倒是起自戰國的陰陽家以及兩漢打從董仲舒所撒佈的「天人感應」說的瀰天大網，那才眞是巫術的化身。韋政通說董仲舒爲了與各家爭勝，把

　　　　部份也未併入討論。
〔註 8〕　〈中譯本前言〉云：弗雷澤「一生中大部分精力用於《金枝》一書資料的搜
　　　　集和撰寫工作。一八九○年首次出版了二卷集的《金枝》，嗣後仍孜孜不倦繼
　　　　續蒐尋資料，繼續深入研究，經十餘載辛勤耕耘，寫成增補擴大版《金枝》
　　　　十二卷（1907～15 年）。繼又應廣大讀者要求，寫了節本《金枝》一卷，於一
　　　　九二二年問世。」中譯本即是據節本譯成的。（《金枝》，臺北：久大文化公司、
　　　　桂冠圖書公司聯合出版，1991 年 2 月）

先秦儒家的真精神——人文或人本主義斷送掉了；又說董仲舒的「天人關係論的核心部分是感應論」（《中國思想史‧上》，頁 462、466。臺北：水牛出版社，1991 年 9 月第 11 版），這和我們前面所談的巫術如出一轍。聞一多所認定的初民這樣的想法，其實正是漢代「天人合一」思想的展現，如果把「初民」改為「漢人」，而能從漢人的哲學思想、學術風氣，及鄭玄注經的背景來探討鄭玄一派立說之因，自然能免於前人所犯的錯誤——亟欲在有限的古籍中，尋找嫁娶正時的線索，常常流於強辭奪理，或是曲說附會，也不致於在主秋冬派、主春派，再多了主春秋為嫁娶正時一派。

　　以上是就漢代的學術風氣來論嫁娶正時立說的背景，以其多出於附會立說，故不可信。我們也可以就《詩經》的時代，包含的地域，及當時的政治情況來探討嫁娶正時問題。

　　就《詩經》一書所代表的時代而言，〈周頌〉作於西周初年，〈國風〉中的〈陳風‧株林〉描寫陳靈公和夏姬的事，作於魯宣公九年左右（公元前 600 年），有人以為此詩最晚；部份學者則主張〈曹風‧下泉〉為美荀躒之詩，時代當在公元前 516 年左右（《詩經欣賞與研究‧二（改編版）》，頁 690），比〈株林〉更晚。不管如何，《詩經》涵蓋的年代都長達五、六百年之久。

　　而地域呢？屈萬里先生考證得詩地理圖如下：（《詩經詮釋》，頁 634）

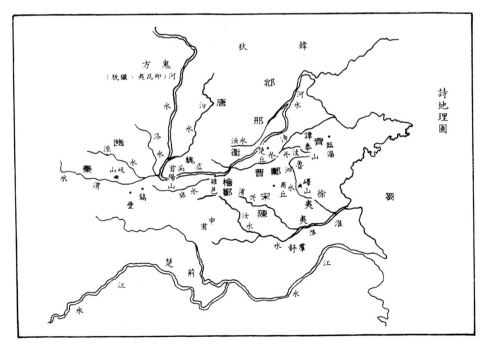

　　由這個圖看來，所包含的範圍，相當的寬廣，在這麼長久的年代中，這麼遼闊的地域裡，風土民情必會因時、因地而有差異，對於嫁娶之事，何能皆以春、秋為正時？

　　就當時的政治情況來看，周王所直接統屬的土地只限於王畿，王畿內還有小封君，真正歸周王完全支配的，只是周王的食邑——不過是王畿的一部份。諸侯對王室只履行簡單的一些義務，如按期納貢朝覲、出兵助王征伐，救濟王畿內的災患，諸侯國本身的內政，可以說是完全自主的，至於履行義務在周室漸衰後，也就形同具文，後來諸侯國抗命，王室尚須仰賴強大諸侯的庇護。可以說周王室只擁有「共主」之名，而並無很大的政治實權（參傅樂成《中國通史》，頁 28、29。臺北：大中國圖書公司，1988 年 2 月再版）。所以即使王室有一定的規定、制度，也不見得能推廣至各諸侯國，而聞一多及前人在論述何時為嫁娶之候時，常援引〈國風〉中各地區的詩以證其說，彷彿這些地區皆能為周王室所化，實對當時的時代、地域及政治情況缺少衡量。

　　在魏晉時，鄭王之徒相爭勝，「孔晁、孫毓等申王駁鄭，孫炎、馬昭等又主鄭攻王，斷斷於鄭、王兩家之是非」（《經學歷史》，頁 167。臺北：藝文印書館，1987 年 10 月第 2 版），他們的著作均已失傳，但清朝馬國翰致力於輯佚，在《目耕帖》中，載錄了鄭王的門徒對嫁娶之候的辯言，而以束皙《五經通論》的主張最為通達。他最主要的證據有二，一是就禮書所載而論：

> 〈曲禮〉曰：「男女非有行媒，不相知名，故日月以告君，齋戒以告鬼神。」若萬姓必在仲春，則其日月有常，不得前卻，何復日月以告君乎？夫冠婚笄嫁，男女之節，冠以二十為限，而無春秋之期；笄以嫁而後設，不以日月為斷，何獨嫁娶當繫於時月乎？（《目耕帖》，卷 13，頁 29）

言冠禮、笄禮都不限以日月，何以嫁娶必限以日月呢？〈曲禮〉中云「日月以告君」，如果婚嫁有定期，則何復日月以告君？可見嫁娶以日月為斷與禮書不合。束皙又舉《春秋》經所載四季皆有周王、諸侯之女嫁娶以論之：

> 《春秋》二百四十年，魯女出嫁，夫人來歸，大夫逆女，天王娶后，自正月至十二月，悉不以得時失時為褒貶，何限於仲春季秋以相非哉？夫《春秋》舉秋毫之善，貶纖介之惡，故春狩於郎，書時禮也；夏城中邱，書不時也。此人間小事，猶書得時失時，況婚姻人倫端始，禮之大者，不識得時失時不善者耶？若婚姻季

秋，期盡仲春，則隱二年冬十月，夏之八月，未及季秋；伯姬歸
於紀，周之季春，夏之正月也。桓九年春，季姜歸於京師，莊二
十五年六月，夏之四月也，已過仲春。伯姬歸於紀，或出盛時之
前，或在期盡之後，而經無貶文，《三傳》不識何哉？（《目耕帖》，
卷 13，頁 28）

檢核《春秋》一書，所錄關於嫁娶的經文內容如下：[註9]

隱二年九月，紀裂繻來逆女

隱二年冬十月，伯姬歸于紀

隱七年春王三月，叔姬歸于紀

桓三年秋七月，公子翬如齊逆女

桓八年冬十月，祭公來，遂逆王后于紀

桓九年春，紀季姜歸于京師

莊元年冬十月，王姬歸于齊

莊十一年冬，齊侯來逆共姬

莊二十四年夏，公如齊逆女

莊二十五年夏六月，伯姬歸于杞

莊二十七年冬，莒慶來逆叔姬

僖十五年秋九月，季姬歸于鄫

僖二十五年夏，宋蕩伯姬來逆婦

文四年夏，逆婦姜于齊

宣元年春王正月，公子遂如齊逆女

宣五年秋九月，齊高固來逆叔姬

成九年二月，伯姬歸于宋

成十四年秋，叔孫僑如如齊逆女

襄十五年二月，劉夏逆王后于齊

據這十九條經文中所載錄的來統計，得表如下：

季　節	春	夏	秋	冬
次　數	5	4	5	5

[註9] 以下所錄，已去除掉如「文十八年冬十月，夫人姜氏歸于齊」等雖有有「歸」
　　　字，但作為「大歸」——出妻義解釋，而非作「于歸」解釋的經文。

　　由此表可以看出來，不論是王、諸侯或卿、大夫舉行嫁娶，四季都有，而且很均勻的分佈於四季之中。

　　孔子作《春秋》，而對書中所述的嫁娶之時無論在幾月，無論符不符合王、鄭二派所主張的嫁娶正時，皆無褒貶，《春秋》貶纖介之惡、舉秋毫之善，如果嫁娶有「正時」可言，《春秋》經傳何以皆不就此發揮其褒貶之大義呢？是故，束皙以為前人論婚期「兩家俱失，義皆不通」，云：「通年聽婚，蓋古正禮也。」（《目耕帖》，卷13，頁29）筆者認為束皙之說較為可採。〔註10〕

第五節　餘論──談聞一多以巫術解《詩》

　　聞一多論《詩經》時代嫁娶以秋、冬為正時，本文先就其釋「泮」為「合」，及引《詩經》詩篇證成其說這兩部份來反駁。又考證《周禮·地官·媒氏》、〈夏小正〉、《荀子·大略篇》對嫁娶的說法，兼明後人對這些原始資料的附

〔註10〕　李炳海作〈先秦時期的嫁娶季節與《詩經》相關作品的物類事象〉一文，載於《河南大學學報》（社會科學版），1994年第2期（總第137期），頁27～32，1994年3月。雖未提及聞一多之論，但討論的主題卻與本章所論相同。他不同意束皙的看法，原因只是束皙「用後代的婚俗習慣去推逆先秦的嫁娶時月，無助於問題的解決」。束皙的立論乃本於〈曲禮〉、《春秋》所載的經文，並非是「用後代的婚俗習慣去推逆先秦的嫁娶時月」，所以李先生的駁斥未為客觀。
　　在該文第二部份中，李先生據《春秋》、《左傳》所載嫁娶之經傳文為素材來分析，云：「先秦時期晉國和周、齊、魯諸地，在迎娶時月上有著明顯的不同：夏文化與商、周文化，形成兩個各異的系統。」說：晉國是屬夏文化區，在春季嫁娶；齊、魯等周文化區，在秋冬嫁娶。在這部份的論證中，時月之辨是其中的關鍵，曆法的問題是首先要考量的。對於《春秋》據魯史，書時概用周正（建子），《左傳》因雜取各國史料成書，或用周正、夏正、殷正、秦正，編修時未能將記時完全用周正統一的現象（參謝秀文《春秋》《左傳》記時差異探源·上），《黃埔學報》，第16輯，頁85～95，1984年6月），李先生未曾著意，混為一談，是以疑竇甚多，推論令人懷疑。
　　在第三部份，用《詩經》的詩篇來與他所得到的結論互證，亦有可商榷之處，例如：說〈桃夭〉是春婚，〈匏有苦葉〉、〈氓〉詩是秋婚，〈北風〉是冬婚，沿襲前人陳說，皆有欠考量，筆者正文中已詳加論述，此姑略。又以〈邶風·谷風〉棄婦嘆云：「宴爾新婚，如兄如弟。」再云：「我有旨蓄，亦以御冬。宴爾新婚，以我御窮。」說：備糧以禦冬，時在秋季，可見男子娶新婦是在秋季。李先生的論斷恐有斷章取義之嫌。
　　因該文非專門針對聞一多之議而發，若置於正文中討論，恐千頭萬緒使推論更形混亂；然李先生對嫁娶季節的意見與筆者所論不同，又不容不談，是以置於註釋中加以說明。

會。再探《春秋繁露》、《白虎通義》、鄭玄受陰陽五行觀念、天人合一之說的影響，以究其立說之妄，並論嫁娶正時說的主張實爲兩漢天人合一觀念下的產品。最後，就《詩經》的時代、地域及當時的政治情況，並援引束晳《五經通論》的說法，斷《詩經》時代嫁娶應無正時的限制，通年聽婚。這是以上幾節對聞一多論點的辨正。

　　關於聞一多以巫術解《詩》──籠統的說是用「文化人類學」來解《詩》，在第四節已做過部份的說明，這也是聞一多《詩經》學中頗具開創性，最爲學者所津津樂道的特色之一，因此再加以補充說明。

　　除了討論嫁娶季節，用了初民相信「感應魔術」的原理來作爲論證嫁娶當以春、秋爲正時的根據外，論〈荓苢〉詩也用了同樣的方法。1934 年發表的〈匡齋尺牘〉云：

> 「荓苢」與「胚胎」古音既不分，證以「聲同義亦同」的原則，便知
> 道「荓苢」的本意就是「胚胎」，其字本祗作「不以」，後來用爲植物
> 名變作「荓苢」，用在人身上變作「胚胎」，乃是文字孳乳分化的結果。
> （《神話與詩》，頁 345、346。引者按：原典本用「苢」字，下同）

此時只說「荓苢」與「胚胎」同音，如同後世歌謠中以蓮爲憐，以藕爲偶，以絲爲思一樣，是一種雙關的隱語（pun）。1945 年發表的〈詩經通義──周南〉續有發揮，言「荓苢」一物古籍中有「食之宜子」、「宜懷任」、「治婦人生難」等說法，考究其因，聞一多以爲：

> 荓胚並「不」之孳乳字，苢胎並「以」之孳乳字，「荓苢」之音近「胚
> 胎」，故古人根據類似律（原註：聲音類近）之魔術觀念，以爲食荓
> 苢即能受胎而生子。（《古典新義·詩經通義──周南》，頁 121）

所謂的「類似律」，即前面所說的「相似律」。聞一多以爲是初民因「荓苢」與「胚胎」音近，這裡食「荓苢」以冀望得子的作法，即是一種「模擬巫術」的行爲。

　　這是個很有趣的推論，然而這個推論能夠成立的前提是：「胚胎」這個語彙，必須是在當時就是一種在民間普遍流傳的通俗口語，猶如現在春節的年俗中吃「菜頭」（蘿蔔）以圖來年得好「彩頭」，「菜頭」和「彩頭」都是日常生活中常使用到的語彙，這樣諧音的作用才能發揮，我們方能用「巫術」來建立起兩者之間的橋樑。聞一多沒有提供這樣的證明告訴我們「胚胎」一詞的存在狀況，事實上，我們在先秦經書中也無法找到「胚胎」這個詞彙。《說

文解字》分釋「胚」與「胎」爲「婦孕一月也」、「婦孕三月也」。《詩經》中只云「大任有身，生此文王」（〈大雅・大明〉），用「有身」而未及「胚胎」之語，直到郭璞注《爾雅・釋詁》「胎……始也」方云：「胚胎未成，亦物之始也。」苤苢相傳可治婦人之不孕，於古籍所載可徵；然而這種療效是否如聞一多所云是因與「胚胎」音近，乃本於類似律的魔術作用呢？在沒有充分的證據之下，聞一多之說不免有武斷與臆測之嫌。

據北京圖書館所藏聞一多未定、未刊手稿整理出的〈詩經通義乙〉中也有用類似的觀點說《詩》的情況。〔註11〕如釋〈衛風・伯兮〉「焉得諼草，言樹之背」云：

> 〈有瞽〉「崇牙樹羽」，《傳》：「置羽也。」樹之背，即置之背，猶言戴之背上也。……背棄與遺忘義通。樹諼草於背者，所樹之物及樹之處皆寓忘意，亦感召巫術之類矣。（新《全集・詩經編》下，頁171～172。）

〈伯兮〉詩中的「樹」字一般作種植之意解，在此，聞一多卻解作「置」。置諼草於背，「諼草」和「背」都蘊含了遺忘之意，藉助做這樣的事而使詩人不再被思念所糾纏，聞一多說這亦「感召巫術」之類，確切的說，即是一種「模擬巫術」。聞一多對「樹」的解釋，有待商榷，而用巫術觀念來說明「焉得諼草，言樹之背」的心理背景，倒是別開生面。

又釋〈陳風・宛丘〉「無冬無夏，值其鷺羽」云：

> 馬瑞辰曰：「《說文》雩或從羽。雩，羽舞也。鷺羽蓋即羽舞，亦巫呼雩用羽舞之謂。」案馬說是也。雨（引者按：「雨」爲「雨」之誤）羽聲同。請雨之舞，戴羽頭上，以象雨降，亦感應巫術之例。冬非

〔註11〕除下面所引的兩例外，〈鄭風・丰〉釋「叔伯」云：「婦人呼其夫之兄弟爲伯叔，亦呼其夫爲伯叔，此上古亞血族群婚之遺痕。（郭沫若說）」（新《全集》，第4冊，《詩經編》下，頁209），大陸學者談古代婚制的文章許多都本摩爾根（Lewis H. Morgan）之說，疑郭沫若此處亦用了摩爾根的理論。郭沫若受摩爾根《古代社會》（Ancient Society）影響很大。（按：《古代社會》有中譯本，北京：商務印書館，1977年8月第1版，1992年2月第5次印刷）馬鳳程說討論古代社會史等問題時，「《詩經》是必然要被援引的重要史料，而受到馬克思，恩格斯高度評價的文化人類學家摩爾根的學說，就成爲一項重要理論依據。這方面影響較大的是郭沫若」（〈論文化人類學在詩經研究中的應用〉，石家莊：「第一屆詩經國際學術研討會」會議論文，1993年8月）。就聞一多釋「叔伯」所言，是用了文化人類學的理論，卻非屬於本節要談的「巫術」範疇，所以僅註於此備參。

請雨之時，《詩》曰「無冬無夏」，蓋刺之也。（新《全集・詩經編》）
下，頁 297）

這樣的釋義，必先證明〈宛丘〉詩是描寫巫者請雨的詩，沒有這樣的前提，
推論很難獲得肯定。事實上，詩篇本文無從證明與巫者祈雨有關。是以筆者
對聞一多解「值其鷺羽」為「請雨之舞，戴羽頭上，以象雨降」的說法，抱
著極大的懷疑。

　　根據弗雷澤的《金枝》一書看來，許多文化人類學的理論，如巫術觀念
的建立，本是源自很多地區的文化風俗歸納得來，特別是一些原始部落，因
此這些理論用來詮釋初民的文化行為，有一定的適用性。然而文化人類學並
不是萬靈丹，運用之妙存乎個人。劉黎明先生〈再論「仲春之會」〉一文，討
論〈媒氏〉「中春之月，令會男女，於是時也，奔者不禁」的文化背景，未必
是受聞一多的影響，但思路與聞一多是相同，他引用了不少弗雷澤《金枝》
一書的例子來說明性交與植物生長的關係，斷言：「仲春之會源於一種順勢巫
術，是有意識地採用兩性交媾的手段來祈求大地豐產。」（《民間文學論壇》，
1989 年第 6 期，頁 63～64）《金枝》一書固然舉了很多地區的風俗來說明兩
性關係對於植物有感應的影響，性行為可作為祈求豐收、促進植物生長的手
段，然而根據這同一理論和信念，另外一些人卻採取完全相反的手段──禁
慾，來達到祈求增產的目的。對這種歧異的情況，弗雷澤解釋道：

　　如果說在某種程度上原始人同自然是一致的，他們又不能區別自己
　　的情慾、生殖，跟自然繁育動植物的方法兩者之間的不同，於是他
　　們就會得出這樣的結論：通過放縱自己的情慾，有助於動植物的繁
　　殖；或者不育後嗣，積蓄精力，這樣也有助於其他生物──無論動
　　物或植物──繁殖種類。就是這樣，從相同的原始哲學和相同的對
　　於自然與生命的原始觀念出發，原始人經過不同的渠道得出一條原
　　則：放縱情慾，或實行禁慾。（《金枝》，頁 211）

　　繞了這個圈子，主要想凸顯的是：本自相同的觀念，在做法上且具有極
端的兩種不同──縱慾與禁慾，可見「文化人類學」這劑藥審慎使用的必要
了，它提供的不是真理，只是供以參考的客體。用這一層認識，我們再回過
頭來，考察聞一多用巫術理論解《詩》的現象時，就不必被巫術理論唬住，
肯定初民相信巫術相論、肯定巫術理論對解釋古代文化有一定的價值，但不
等於用巫術理論解釋所得的答案一定是正確的。

　　周勛初先生在〈當代性和立體生——關於重寫文學史的幾點看法・上〉一文中說：大陸近十幾年來的文學史界都有尋求突破的自我反省意識，但在實際操作中卻感到力不從心，於是「方法熱」便應運而生。由於適逢海禁初開，西方現代文藝思想被大量的介紹進來，所謂方法熱便主要體現為從西方尋找新理論和新方法。這樣的借鑑原本是好事，而在實際的運作中卻產生了嚴重的失誤，乃肇因於二種因素：

> 一是人們往往帶著迫不及待的焦燥心情，對西方理論採取了饑不擇食、急病亂投醫的草率態度，甚至只是道聽塗說、一知半解，也就自以為探驪得珠了。二是人們對方法寄與了過高的期望，甚至認為只要方法一新便可立即點鐵成金，從而忽視了對中國文學作細緻深入的文本研讀。〔註12〕

說的雖是大陸文學史界近十幾年來「方法熱」的問題，在筆者看來，卻也是當年聞一多解《詩》的一幅素描。五四前後的學者，「大膽假設」者多，能「小心求證」者少。筆者在重新審視聞一多的主張時，常常為聞一多論證的粗疏感到訝異，例如前文中提到的詩篇與季節的關係，如果能作「細緻深入的文本研讀」，則歷代陳說的紕繆、以及套上文化人類學造成詮釋上的扞格現象，這些都不難察覺出來。在運用西方理論的當下——不管是佛洛伊德性學說還是巫術理論，如果自覺掌握的是點金棒，「對方法寄與了過高的期望」，見樹不見林就難以避免了。五四前後迷信西方的點金棒，近十幾年來也還在重複同樣的嚮往，於此，也可以了解到為什麼至今學者還很推崇聞一多解《詩》的方法，對他用佛洛伊德學說、巫術理論的解釋成果常奉為圭臬，很少去質疑之故。

　　用文化人類學來解《詩》，不只是聞一多，梁啟超、胡適、郭沫若、顧頡剛、鄭振鐸等人的論著中都有這樣的嘗試（參馬鳳程〈論文化人類學在詩經研究中的應用〉），這是在民初西學傳入後，很自然產生的一種解《詩》傾向，特別是在五四運動的衝擊下，反傳統的聲浪、古史辨運動的發展、歌謠的研究探輯，顛覆了《詩經》神聖的地位，推翻毛鄭、《詩序》的舊說後，在尋覓

〔註12〕該文載於《中央日報》，第 19 版，1995 年 4 月 10 日。在這段引文之後，周先生感慨這十年來並沒有運用新的方法而能達到較高學術價值的論著產生，「倒反而是當年王國維、聞一多他們借鑑西方理論取得的成績至今使人記憶猶新」。也許是得諸於學者對聞一多運用的方法、成果一味肯定的印象，是以如此嘉許。

一種新的詮釋理路時，從西方傳入，披上科學外衣的文化人類學，對解《詩》而言，像是開了一扇天窗。馬鳳程對此種新的解《詩》方法評曰：「五四時期對於《詩經》傳統舊說的批評與否定是有些偏激的，但可貴處在於他們不是『死抓著自己固有的東西』，而是以滿腔的熱忱歡迎外來文化。」又說：「西方文化人類學理論在『五四』以來，對我國《詩經》研究曾經起到開拓視野、啟發思路積極作用，但是，文化人類學與其它西方社會科學、人文科學也還在發展，過去的某些曾經被以為是正確的理論觀點和模式，現在面對新發現的事實已站不住腳。」（〈論文化人類學在詩經研究中的應用〉）馬先生的評述，值得我們深思。

　　當然，如前所述，我們肯定聞一多在開拓視野、啟發思路方面的貢獻，在那個年代，有如此的表現，理應獲得掌聲。而今，如果還不假思索的信仰聞一多五十年前提供的詮釋，那歷史是開了倒車了。五十年前，他的不足可以被原諒，五十年後的「信徒」怎麼為自己找到同情？

第五章　〈詩・新臺鴻字說〉研究
——兼論聞一多的治《詩》方法

第一節　〈新臺〉篇與〈鴻字說〉

《邶風・新臺》詩云：

新臺有泚，河水瀰瀰。燕婉之求，籧篨不鮮。

新臺有洒，河水浼浼。燕婉之求，籧篨不殄。

魚網之設，鴻則離之。燕婉之求，得此戚施。

《詩序》說此詩：「刺衛宣公也。納伋之妻，作新臺于河上而要之，國人惡之，而作是詩也。」由於《左傳》、《史記》對此樁歷史事件言之鑿鑿，〔註1〕《詩序》扣緊衛宣公奪子之妻的醜聞來解釋〈新臺〉、〈牆有茨〉、〈君子偕老〉、〈鶉之奔奔〉、〈蝃蝀〉諸詩，於詩文及史事方面都可以得到呼應，所以雖自宋以來有反《詩序》的聲浪，然《詩序》對這幾首詩詩旨的闡釋歷代爭議不大，民國以來信服者仍多。〔註2〕聞一多在〈詩・新臺鴻字說〉中要革命的對象也

〔註1〕《左傳》桓公十六年：「初，衛宣公烝於夷姜，生急（引者按：通「伋」）子，……爲之娶於齊而美，公取之。」《史記・衛世家》：「初宣公愛夷姜，生子伋以爲太子，爲取齊女，未入室而公見所欲爲太子婦者好，說而自取之，更爲太子取他女。」

〔註2〕張樹波認爲《詩序》所定的國人刺衛宣公的說法，「對於後世影響較大，今之學者亦多從之。」（《國風集說・上》，頁395。石家莊：河北人民出版社，1993年8月第1次印刷）陳子展除遵循《詩序》的說法外，且云：此詩的史事「見桓十六年《左傳》、《史記》、《列女傳》、《新序》。《詩序》與詩義與史事全合。『三家無異義』。朱子《集傳》、崔氏《讀風偶識》疑之，皆可謂疑所不當疑者也。」（《詩經直解・上》，頁129。上海：復旦大學出版社，1983年10月

不是《詩序》所傳下的詩旨，而是毛、鄭及歷來經師對此詩「鴻」字的訓詁。

詩曰：「魚網之設，鴻則離之。」毛、鄭以下，「兩千多年來讀這詩的誰都馬虎過去了，以爲是鴻鵠的鴻」（開明版《全集·郭序》），然而聞一多對這個解釋並不滿意，經過多方的證明，而定「鴻」字應釋爲癩蝦蟆。聞一多這篇〈詩·新臺鴻字說〉，於 1935 年 7 月發表在《清華學報》第 10 卷第 3 期，這是他在《詩經》研究上，頗具代表性的一篇文章，雖然他的《詩經》研究有許多的創見，但都遠不如這個結論廣爲後人所稱道、引用。

郭沫若對聞一多所獲得的結論讚云：「這確是很重要的發現，要把這『鴻』解成蝦蟆，然後全詩的意義纔能暢通。」且認爲「像這樣細密新穎地發前人所未發的勝義」，「眞是到了可以使人瞠惑的地步」（開明版《全集·郭序》）。郭沫若的《卷耳集》原將這兩句詩譯爲：「架起漁網想打魚，誰知打得一個雁鵝。」後來也據聞一多的發現而修正先前的解釋，改成：「架起漁網想打魚，誰知打得一個癩蝦蟆。」〔註 3〕高亨也說聞一多此解是「《詩經》研究中的一大發明」（轉引自韓明安《詩經研究概觀》，頁 19。哈爾濱：黑龍江教育出版社，1988 年），這都是很高的讚譽。而眾多的學者在註解〈新臺〉詩時，用聞一多的新解代替舊說，皆可證明聞一多此論一出，廣受支持。

在肯定的主旋律中，也有些許反對的聲音在繚繞者，雖常被主旋律所掩蓋，但亦有耐人尋味處，在本文中亦一併檢討。以下，將介紹聞一多對〈新臺〉「鴻」字之釋，呈現此說對後來學者的影響，辨析聞一多「癩蝦蟆」之解是否可以成立，兼及探討聞一多治《詩》方法運用的得失。

第二節　聞一多的〈鴻字說〉

在〈鴻字說〉一文中，聞一多採先「破」後「立」的論證方式。他首先指出爲什麼以往「鴻」訓爲鳥名是錯的，再論證釋爲「蟾蜍」的道理所在。我們先來看看他是怎麼反對舊說的。（以下不註明出處者見〈詩·新臺鴻字

第 1 版，1991 年 6 月第 3 次印刷）於此，可見《詩序》對此詩詩旨的闡釋爲後代所重，至今猶然。

〔註 3〕原來說法引自《卷耳集》（上海：泰東書局，1923 年 8 月初版；1924 年 5 月第 4 版），頁 14。後面修正的說法引自《郭沫若全集·文學編·卷耳集》（北京：人民文學出版社，1984 年 6 月），頁 164。郭註云：「原譯誤『鴻』爲『雁鵝』，此依聞一多說改正。」

說〉，《神話與詩》，頁 201～208）

詩曰：「魚網之設，鴻則離之」，《毛傳》云：「言所得非所求也。」《箋》云：「設魚網者宜得魚，鴻乃鳥也，反離焉，猶齊女以禮來求世子，而得宣公。」聞一多以為《傳》不為「鴻」字作訓，殆以為「鴻」是鳥名，人所習知，無煩費辭。認為毛、鄭的解釋可疑者有三：

第一，「鴻者，高飛之大鳥，取鴻當以矰繳，不聞以網羅也。」

第二，「藉曰誤得，則施眾水中，亦斷無得鴻之理。何則？鴻但近水而棲，初非潛淵之物，鴻既不入水，何由誤絓於魚網之中哉？」

第三，從〈新臺〉詩上下文來看，上文曰：「燕婉之求，籧篨不鮮」，「燕婉之求，籧篨不殄」；下文曰：「燕婉之求，得此戚施」，籧篨、戚施皆喻醜惡，此曰「魚網之設，鴻則離之」者，當亦以魚喻美，鴻喻醜，故《傳》釋之曰：「言所得非所求也。」然而考之典籍「從無以鴻為醜鳥者」，若「令鴻與籧篨、戚施為伍，至目為醜惡之象徵，竊恐古今人觀念之懸絕不至如是也。」

基於以上三點理由：鴻是高飛的大鳥，「既不可以網取，又無由誤入於魚網之中」，與「籧篨不鮮」、「籧篨不殄」、「得此戚施」比並，作為醜惡之喻，尤大乖於情理，所以詩之「鴻」，「其必別為一物，而非鴻鵠之鴻」。

既破「鴻」不宜解作鴻鳥，那應作何解釋呢？「立」的部份，聞一多論證「鴻」字和「籧篨」、「戚施」一樣，都是蟾蜍。其說要點如下：

一、首先證得戚施即蟾蜍也：「籧篨與戚施並舉，以三百篇文例推之，二者當為一物」；又證籧篨亦是蟾蜍。云：以詩之上下文義求之，「鴻」與「籧篨」「戚施」當為一物。「詩意以戚施與魚對舉，又以鴻與魚對舉，戚施、籧篨並即蟾蜍，則鴻亦當即蟾蜍矣。」

二、《說文‧黽部》所載諸名皆大腹蟲，是「黽」本有大腹義。蟾蜍一名黽。諸書稱蟾蜍之狀皆曰大腹。鴻古作鳿，諸「工」聲之字多與大腹之義相關，鳿亦從工聲，是以「鴻」亦有大腹義，其本義當為大腹鳥。「蟾蜍為大腹蟲，鴻為大腹鳥。故蟾蜍亦得謂之鴻，形相似，斯名得相通也。」

三、《廣雅‧釋魚》曰：「苦蠪，蝦蟆也。」《名醫別錄》曰：「蟾蜍，一名苦蠪。」聞一多謂：「苦蠪即鴻之古讀也。」如同「窟籠謂之空，胡嚨謂之項，屈蘢謂之鴻，並猶苦蠪謂之鴻，草之屈蘢亦謂之鴻，

其例尤爲明著。」由古代俗語，近代俗語並與我同系之暹羅語，推知鴻與「苦蠪」爲語之變，而「苦蠪」實蟾蜍之異名。

四、《易林・漸之睽》：「設罟捕魚，反得居諸。」聞一多以爲居諸者，蟾蜍也，《易林》之說，乃本諸〈新臺〉詩而言。《詩》曰「鴻則離之」，《易林》曰「反得居諸」，是漢代齊詩以鴻爲蟾蜍之證。

第三節　後來的學者看〈鴻字說〉

除了前引的郭沫若、高亨大力稱讚聞一多此解外，學者對此篇肯定的聲音絡繹不絕，如夏宗禹盛讚聞一多對《詩經》很多個別名物字詞的訓釋都很「新穎翔實」，「發前人所未發」，又說〈新臺〉「鴻則離之」訓「鴻」爲蝦蟆……等發現，「雖只一詞一物，卻如畫龍點睛，使詩的形象頓時呈現；詩的意境，立即顯豁，這些都是我們不應該忽視的。而這種新鮮的發現和發明，在聞先生研究《詩經》的著作裡，眞可說是比比皆是」（〈聞一多先生與《詩經》〉，《新建設》，1958 年第 10 期，頁 64，1958 年 10 月）。

夏傳才先生說聞一多這篇〈鴻字說〉發表後，「學術界一致公認考據精確，一直爲《詩經》研究者所採用。郭沫若也據以改正自己過去在《卷耳集》中的誤譯。」（《詩經研究史概要》，頁 269。鄭州：中州書畫社，1982 年 9 月）

潘中心認爲聞一多對〈新臺〉詩的「籧篨」、「鴻」等詞進行了新的考訂，「爲理解這詩的內容，作出了巨大貢獻，實在建功極偉。」（〈詩經・新臺新探〉，《貴州社會科學》，1982 年第 4 期，頁 84）

韓明安形容〈詩・新臺鴻字說〉是「轟動一時」的作品。「作者通過仔細地考索，認爲『鴻』字即『苦蠪』二字的合音。從而解決了『魚網之設，鴻則離之』這一前人困惑莫解卻又避而不談的疑難。此說至今爲後人所推重、叫絕。」（《詩經研究概觀》，頁 18～19）

不只是大陸的學者如是誇讚，臺灣的李辰冬教授言：聞一多對〈新臺〉篇「鴻」字的解釋頗爲「精妙」。又說：「事實上，此種解釋是百分之百的正確。」[註 4] 裴普賢教授亦云聞一多的「〈通義〉及〈詩・新臺鴻字說〉之解〈新臺〉

〔註 4〕李辰冬教授云：

他這個解釋，四十年來（原按：此文於民國 24 年 7 月發表於《清華學報》），沒有人敢斷判它的是非，也沒有人引用，甚而他後來在〈風詩類鈔・乙〉解釋〈新臺〉篇時，也放棄了這個說法，只說是：「新郎變蟾

篇『魚網之設，鴻則離之』的鴻爲癩蝦蟆，而使全詩意義暢通，描寫生動，實在是意想不到的新發現。」（糜文開、裴普賢《詩經欣賞與研究・一（改編版）》，頁 162。臺北：三民書局，1987 年 11 月初版，1991 年 2 月再版）

　　從以上學者的稱道，已可看出聞一多之說廣受肯定。接著，我們再由聞一多以後《詩經》的註解本及對〈新臺〉詩單篇的賞析文章中，來探看聞一多之論影響的深遠。〔註5〕（按：以下從舊解釋作鴻鳥者標：★，採聞一多之說釋作蝦蟆者標：☆，兼採兩家者標：◎）

一、大陸學者

☆郭沫若《卷耳集》，頁 164：

架起漁網想打魚，誰知打得一個癩蝦蟆。（北京：人民文學出版社，1984 年 6 月）

☆余冠英《詩經譯注》，頁 29：

下網拿魚落了空，拿了個蝦蟆在網中。（臺北：洪氏出版社，1977 年 9 月，題「陳愼初」，原爲香港：萬里書店，1959 年 10 月出版）

☆余冠英《詩經選譯》，頁 26：

同上。（北京：人民文學出版社，1978 年）

☆余冠英《詩經選》，頁 50：

同上。（北京：人民文學出版社，1990 年）

★金啟華《國風今譯》，頁 77：

撒開魚網把魚盼，鴻雁不幸遭了難。（南京：江蘇人民出版社，1963 年 2 月）

　　　　故事流傳歐亞。」連他自己也不敢相信了。事實上，此種解釋是百分之百的正確。（《詩經研究》，頁 308。臺北：水牛出版社，1974 年 4 月）姑先不論〈鴻字說〉的新解是否「百分之百的正確」，李先生這段文字中說四十年來，沒有人敢斷判聞一多說法的是非，也沒人引用。由筆者後續的引證中，有非常多的人引用並相信聞一多之說，可知李先生說法有誤。

〔註 5〕以下所引書大多是註釋本，爲節省篇幅起見，該書若有白話譯文則引譯文爲證，已足見註釋者對聞一多之解的取捨，註文姑略；若無譯文，方引註文作爲證明。又，《詩經》譯本非常多，筆者不可能一一寓目，或有一些選譯本，並不譯〈新臺〉篇。以下的引述，當然不能涵蓋所有的註譯本，但筆者在搜集資料時，並無刻意取捨的心態，因此，相信能客觀地反映出聞一多以後，《詩經》註解者對聞一多之論信從的比率。

☆唐莫堯注釋、袁愈荌譯詩《詩經・上》，頁 103：

爲著捕魚設網羅，誰知網了癩蝦蟆。（臺北：地球出版社，1994 年 3 月。
原名：《詩經全譯》，貴陽：貴州人民出版社，1981 年 6 月）

☆藍菊蓀《詩經國風今譯》，頁 156：

爲了打魚才撒網在河中間，個個癩蝦蟆卻跑進網裡面。（成都：四川人民
出版社，1982 年 9 月）

★陳子展《詩經直解》，頁 128：

張的魚網想捉魚，野鵝兒偏著了網。（上海：復旦大學出版社，1983 年
10 月第 1 版，1991 年 6 月第 3 次印刷）

☆袁梅《詩經譯注・國風部份》，頁 169：

想捕魚，張大網，癩蛤蟆，附網上。（濟南：齊魯書社，1983 年）

☆高亨《詩經今注》，頁 62 注 9：

鴻，不是鴻雁。……詩以設網捕魚而得蝦蟆比喻女子想嫁美男子而配了
醜夫。（臺北：漢京文化事業公司，1984 年 2 月）

☆祝敏徹等《詩經譯注》，頁 91：

撒下魚網便把魚兒盼，誰知癩蛤蟆落在網裡邊。（蘭州：甘肅人民出版社，
1984 年 10 月）

☆程俊英《詩經譯注》，頁 77：

想得大魚把網張，誰知蝦蟆進了網。（上海：上海古籍出版社，1985 年 2
月）

★鄧荃《詩經國風譯注》，頁 134：

河裡捉魚把網張，卻是大雁兒落了網。（北京：寶文堂書店，1986 年 6 月）

☆楊任之《詩經今譯今注》，頁 62：

張開魚網網魚兒，一隻蝦蟆跳進來。（天津：天津古籍出版社，1986 年
10 月）

☆黃素芬《詩經賞析》，頁 34，

魚網張開盼得魚，網住蛤蟆眞洩氣。（南寧：廣西教育出版社，1987 年 8 月）

☆呂恢文《詩經國風今譯》，頁 73：

捕魚網兒河裏撒，撈來卻是癩蛤蟆。（北京：人民文學出版社，1987 年）

☆周錫馥《詩經選》，頁 44，註 5：

撒下魚網，蟾蜍偏落到裏面。（臺北：遠流出版事業公司，1988 年 7 月）

☆程俊英主編《詩經賞析集成》，頁 64，蔣見元云：

撒開了網，一心想捕條金色大鯉魚，誰知拉上網來，裏面竟是一隻癩蛤蟆！（成都：巴蜀書社，1989 年 2 月）

◎周溶泉等主編《歷代怨詩趣詩怪詩鑑賞辭典》，頁 585，吳九成云：

「鴻」，一般指雁，也可以從廣義上理解爲野鴨、野鵝等水上禽類，聞一多先生認爲特指蝦蟆，可備一說。（南京：江蘇文藝出版社，1989 年 6 月）

☆任自健等主編《詩經鑑賞辭典》，頁 89，何國治云：

張設大網捕魚，誰想到卻撈著個癩蝦蟆。（北京：河海大學出版社，1989 年 12 月）

☆金啟華等主編《詩經鑑賞辭典》，頁 109，袁傳璋云：

張設魚網本來想捕條鮮魚，結果鮮魚沒有到手，反而網得個令人厭惡的癩蝦蟆。（合肥：安徽文藝出版社，1990 年 2 月）

☆周嘯天主編《詩經楚辭鑑賞辭典》，頁 116，孫琴安云：

架起漁網想打魚，誰知打得一個癩蝦蟆！（原注：「郭沫若譯」，成都：四川辭書出版社，1990 年 3 月）

☆陳子展、杜月村《詩經導讀》，頁 104，註 8：

聞一多〈詩新臺鴻字説〉以「『鴻』爲『蠠』，苦蠠，蟾蜍」，考證「鴻」爲蝦蟆。（成都：巴蜀書社，1990 年 10 月）

☆程俊英、蔣見元《詩經注析・上》，頁 119：

鴻，舊解爲鳥名，雁之大者。聞一多在〈詩・新臺鴻字説〉一文，考證鴻就是蝦蟆。（北京：中華書局，1991 年 10 月）

☆黃典誠《詩經通譯新詮》，頁 52：

移船張網捉魚蝦，哪知打個癩蛤蟆。（上海：華東師範大學出版社，1992 年 5 月）

☆李子偉《詩經譯注・國風部份》，頁 70：

設網爲的捕獲魚，誰想網到那蟾蜍。（蘭州：蘭州大學出版社，1992 年 6 月）

二、臺灣學者

★屈萬里《詩經詮釋》

按：此書註〈新臺〉篇不釋「鴻」字，應是以爲作鴻鳥解，不煩註釋。（臺北：聯經出版事業公司，1983 年 2 月）

☆李一之《詩三百篇今譯》，頁 34：

本來撒的魚網，蝦蟆卻自天降。（臺北：世界書局，1964 年 3 月初版）

★馬持盈《詩經今註今譯》，頁 65：

高翔的飛鴻，自由盤旋，料不到竟落在魚網之中。（臺北：臺灣商務印書館，1971 年 7 月）

★于宇飛《詩經新義》，頁 120：

魚網的張設是爲捕魚的，大雁，而遭到網的禍患。（臺北：自印本，1972 年 4 月）

★宋海屏《詩經新譯》，頁 66：

張著捕魚網，鴻雁遭了殃。（臺北：新文豐出版公司，1975 年 11 月 3 版）

★王靜芝《詩經通釋》，頁 114：

言魚網本爲捕魚而設，而鴻雁竟遭網而被捕。（臺北：輔仁大學文學院，1977 年 12 月第 6 版）

☆糜文開、裴普賢《詩經評註讀本・上》，頁 168，註 1：

鴻：爲苦蠪之合聲。苦蠪即蟾蜍，俗名癩蝦蟆。詳聞一多〈詩・新臺鴻字說〉。（臺北：三民書局，1982 年 7 月）

☆朱守亮《詩經評釋・上》，頁 144，註 1：

鴻：爲苦蠪之合聲。……二句言本爲求魚而設之網，今乃得此癩蝦蟆。（臺北：臺灣學生書局，1984 年 10 月）

☆糜文開、裴普賢《詩經欣賞與研究・一（改編版）》，頁 211：

爲了捕魚把魚網撒，蝦蟆卻向網中爬。

◎江甯〈新臺〉：

一說，鴻，是苦蠪的合音，苦蠪，即癩蝦蟆，則設網者爲齊女，本欲得魚，不意得了癩蝦蟆，存參。（《中國語文》，第 405 期，頁 44，1991 年 3 月）

★吳宏一《白話詩經・一》，頁272：

魚網這樣的張設，飛鴻卻來碰觸它。（臺北：聯經出版公司，1993年5月初版）

☆余培林《詩經正詁・上》，頁127，註9：

〈詩經通義〉：「鴻即苦蠪之合音。」（臺北：三民書局，1993年10月）

將以上學者的說法加以分類，作成統計表如下：

	鴻　鳥	兼　採	蝦　蟆	共　計
大　陸	3	1	22	26
臺　灣	6	1	5	12

當然，筆者以上的取樣不是很全面，事實上，要做到「全面」有其困難，但由於搜集資料時非經有意取捨，相信足以反映出客觀的事實。由這個統計表看來，聞一多新解的支持度極高，特別是大陸的學者，肯定者尤其多。臺灣的學者雖多持舊解，然沒有採用聞一多之說，並不等於不贊同。從上面羅列的資料可以看得出來，臺灣愈晚近的著作接受聞一多新解的愈多，1948年以來，臺灣罕見聞一多的著作流傳，〔註6〕不採聞說，還必須加上未看過〈鴻字說〉的可能，再參酌這個考量，可以說在臺灣採用聞一多之說的也不算少了。民國以來研究《詩經》的著作可謂汗牛充棟，新義疊出者雖多，但新說能夠如此廣受學者採信者，百不及一。就這個角度來看，說〈鴻字說〉是「轟動一時」的著作，實不為過。

第四節　聞一多的自我否定

有了聞一多這篇言之鑿鑿的〈鴻字說〉，再加上郭沫若、高亨、余冠英等諸位大家的讚揚，還有許多註譯者的信從，「癩蝦蟆」這個新解似可作為一個確論了。那為什麼還有反對的聲音在肯定的主旋律以外繚繞著呢？始作俑者，也是聞一多自己。

〈鴻字說〉在1935年7月發表後，同年10月發表的〈高唐神女傳說之

〔註6〕糜文開、裴普賢教授為了研究之需，曾大費周章才把聞一多的著作找到（《詩經欣賞與研究・一（改編版）》，頁161～162。）1977年2月九思出版社印行《古典新義》、《詩選與校箋》使聞一多這部份的著作在臺灣較普遍流傳，然作者題為「聞家驊」，可見猶有所禁忌。前此，學者恐不容易獲得聞一多全部的著作。

分析〉註 1 釋「鴻」字曰：「參看拙著〈詩・新臺鴻字說〉，見《清華學報》第十卷第三期。」相隔僅數月，所以看法尚未改變。然而 1945 年他晚年所發表的〈說魚〉一文，解釋「打魚」乃是求偶的隱語時，引〈新臺〉詩爲證，云：

> 舊說這是刺衛宣公強占太子伋的新婦——齊女的詩，則魚喻太子（少男），鴻喻公（老公）。「鴻」「公」諧聲，「鴻」是雙關語。我從前把這鴻字解釋爲蝦蟆的異名，雖然證據也夠確鑿的，但與〈九罭〉篇的鴻字對照了看，似乎仍以訓爲鳥名爲妥。（《神話與詩》，頁 126）

同一篇，在解〈豳風・九罭〉詩的「九罭之魚，鱒魴」、「鴻飛遵渚」、「鴻飛遵陸」等句，云：「魚喻公子，鴻喻公。」原註：「此『鴻』字也是諧『公』聲的雙關語。」（《神話與詩》，頁 127）吳宏一反對聞一多的新解，理由是：「聞一多在〈詩・新臺鴻字說〉一文中，考證鴻就是蝦蟆。這種說法，在本文中固然講得通，但恐怕難以通解古籍。」（《白話詩經・一》，頁 275）其實聞一多在放棄「癩蝦蟆」的新解時，也因爲有了這一層體認，不但「難以通解古籍」，連解釋《詩經》中其它詩篇的「鴻」字都有所扞格，所以只好說「仍以訓鳥名爲妥」。

　　從創新說到自我批判、否定，其中的過程，我們還可以在一些從遺稿整理出來的文章中來尋得蛛絲馬跡。〈鴻字說〉解「鴻」、「戚施」、「籧篨」都是癩蝦蟆，以下就以這三個詞爲關鍵，來觀察他修正創說的過程。

　　〈詩經通義・乙・新臺〉釋「鴻」、「戚施」、「籧篨」等字，堆砌類書、論證繁瑣遠甚於〈鴻字說〉，但結論一樣，以爲指的是蟾蜍（新《全集》，第 4 冊，頁 100～104）。〈風詩類鈔・乙・新臺〉詩的題解云：「新郎變蟾故事流傳歐亞。」〔註7〕箋注「籧篨」爲「鐘鼓之栒，刻木象猛獸，其狀醜，此以喻貌

〔註 7〕糜文開、裴普賢《詩經欣賞與研究・一（改編版）》，頁 212 云：
　　　或以爲此不過歌詠舊式婚姻所造成之騙局，亦即流傳歐亞的民間故事新郎變蟾的中國資料，這故事的發源地或即中國。……我們可以這樣假設由於宣姜的騙局而有此〈新臺〉之詩，〈新臺〉詩原是民間歌謠，因其摹擬的動人，因而演生新郎變蟾的故事流傳於民間。年久而播遠，新郎變蟾的民間故事由中國流傳遍於歐亞。這是中國古代民間歌謠「國風」對後世民間文學的影響可以試加發掘的線索之一。普賢曰：「可能是春秋初年先有新郎變蟾故事的流傳，〈新臺〉篇採之入詩，故有此畫龍點睛之妙。」
　　這一段的闡發即是本諸聞一多「新郎變蟾故事流傳歐亞」之說。姑不論其說之是非，從這裡也可看出聞一多對後來學者的影響和啓發，此亦爲民國以來

醜之人」。仍釋「鴻」、「戚施」爲蟾蜍（《詩選與校箋·風詩類鈔》，頁 75、76）。
〈詩經通義──邶風〉釋「鴻」與〈鴻字說〉同，「籧篨」之釋改爲：「器物
裝飾之刻爲人或動物之形者」，「詩意本以飾廧之物象喻人之貌醜」。釋「戚施」
引證繁複，大抵其意是折衷於「蟾蜍」與「籧篨」之意間（《古典新義》，頁
194～199）。

　　從〈鴻字說〉到〈說魚〉，從「癩蝦蟆」回歸到「鳥名」，其中的演變，
日新月異。上面所述，雖多本自遺稿，難以確定其寫成的先後，但可以看到
聞一多不斷的翻新。季鎮淮說：「〈詩·新臺鴻字說〉在論文〈說魚〉中放棄
了，……表現了聞先生在學術研究中的批評和自我批評。」（〈聞一多先生的
學術途徑及其基本精神〉，《聞一多研究叢刊》第一集，頁 188。武昌：武漢大
學出版社，1989 年 4 月）費振剛先生云：「從聞一多先生對自己看法的修改，
可以看到他在治學上的謹嚴和勇於探索的精神。」（〈聞一多先生的《詩經》
研究〉，《聞一多研究叢刊》第一集，頁 225）自我批評、勇於探索固然可貴，
但大膽而不夠謹慎的治學風格也由此可窺一斑。

　　季先生和費先生談到聞一多的學術研究時，能留意到聞一多自我否定的
說法十分難得的，不少的學者在採用聞一多的〈鴻字說〉新解、在論述聞一
多古代文學研究成果時，只津津樂道於聞一多的創說，而不知聞一多曾自我
否定。郭沫若在開明版《全集·序》中雖說：我讀著一多的「全部遺著」，驚
歎成績的卓越云云，〔註 8〕但筆者很懷疑，他是否真讀過聞一多的「全部遺
著」，也許是遺漏了，因爲他似乎不知道就在開明版《全集》中的〈說魚〉篇
裡，聞一多已否定了〈鴻字說〉的結論，而仍在《全集·序》中盛讚聞一多
的創見。

　　郭沫若在中共的政權中處於炙手可熱的地位，也是學術界的龍頭，再加
上所作的〈序〉是隨著《聞一多全集》傳播的，據此推知〈鴻字說〉廣被學
者所接受、傳誦，郭沫若應有重要的影響，他在〈序〉裡登高一呼，連聞一
多自我否定的聲音都被淹沒了，無怪乎學者會隨之唱和。很多註解本的作者

　　比較文學發展的一個痕跡。
〔註 8〕郭沫若此作原題爲〈論聞一多做學問的態度〉，初載於《大學月刊》（成都），
　　　第 6 卷第 3、4 期合刊，1947 年 8 月 20 日。龔濟民、方仁念編《郭沫若年
　　　譜·上》（天津：天津人民出版社，1982 年 5 月），頁 549：「應《大學月刊》
　　　主編夏康農之約，作〈論聞一多做學問的態度〉……後曾作爲〈聞一多全集
　　　序〉。」

多因襲前人之註釋，罕能一一深入考究一字一詞的是非，「眾口鑠金」的效應
於焉形成。

　　或有學者雖然知道聞一多的自我否定說，但仍堅信「鴻」字乃應釋作癩
蝦蟆，如夏傳才先生云：

　　　　一九四五年間聞一多先生在〈說魚〉一文中又說：「我從前把鴻字解
　　　釋成蝦蟆的異名，雖然考證也夠確鑿的，但與〈九罭〉篇的鴻字對
　　　照了看，似乎仍以訓爲鳥名爲妥。」〈新臺〉中的鴻字是假借字，〈九
　　　罭〉當是本字，自然無須守其一義。（《詩經研究史概要》，頁 269，
　　　註 2）

說〈新臺〉和〈九罭〉的「鴻」字，一是假借字一是本字，故無須守一義，
所以聞一多在〈說魚〉篇因把「鴻」釋作「蝦蟆」無法通解〈九罭〉的顧慮
是多餘的，回歸「鳥名」的訓解也不成立，夏先生認爲〈新臺〉的「鴻」字
仍應解作「癩蝦蟆」爲宜。

　　這是一齣叫好又叫座的戲，聞一多已然不想再唱下去，而看戲的學者卻
不肯散場。

第五節　〈詩・新臺鴻字說〉的辨正

　　我們並不能單單因爲聞一多的自我否定而就認定〈鴻字說〉的解釋是錯誤
的，也有可能如學者所指出的，反倒是前說不誤後說誤。就筆者所知，聞一多
生前，這篇〈鴻字說〉似乎並沒有造成「轟動」的效應；轟動之始起於郭沫若
的〈序〉。往後，其實也曾有學者提出反對的意見，引起一番討論，然這些質疑
的聲音，似乎不夠大聲，罕少在註解本的註釋裡及討論聞一多《詩經》學的文
章中反映出來。筆者所知專門討論聞一多此說的文章，有以下幾篇：

　　1、王　縉　　聞一多先生〈詩・新臺鴻字說〉辨正
　　　　　　　　《光明日報・文學遺產》，第 137 期，1956 年 12 月 30 日
　　2、編輯部　　關於〈詩經・新臺篇鴻字說〉
　　　　　　　　《光明日報・文學遺產》，第 143 期，1957 年 2 月 10 日
　　3、趙蔭棠遺稿、馬志文整理　　〈邶風・新臺〉簡釋
　　　　　　　　《甘肅師大學報》（哲學社會科學版），1980 年第 1 期（總
　　　　　　　　第 23 期），頁 57～59，1980 年 1 月（後按：「1959 年 6 月

寫成，1963 年 3 月整理。馬志文根據整理稿再整理」）

4、孫風態　　《詩經・新臺》「鴻」字新論

　　　　　　《丹東師專學報》（遼寧），1982 年第 3 期

5、李思樂　　〈新臺〉之「鴻」不是蟾蜍──聞一多晚年爲什麼自己否

　　　　　　定了〈新臺鴻字說〉

　　　　　　《古籍整理研究學刊》，1990 年第 1 期（總第 23 期），頁

　　　　　　19～23，1990 年

6、馬承玉　　〈詩・新臺「鴻」字說〉辨

　　　　　　《中國語文》，1991 年第 2 期（總第 221 期），頁 143，1991

　　　　　　年 3 月

7、汪維輝　　也說《詩・新臺》之「鴻」

　　　　　　《古籍整理研究學刊》，1992 年第 3 期，頁 35～36

　　王綸該文一出，廣獲回響，計有劉西堂、高溫谷、楊文、李金彝、楊東、午陽、虞籍、夏宗禹、薛克薇、彭鐸、郭沫若、宋榮九、孫風態等人來稿參與討論，「有的從語言學角度上，有的從實際生活甚至其他更廣泛的學術材料的研究等不同角度上來進行分析，提出和說明自己的看法。」或贊同、或反對、或修正、或補充，《光明日報・文學遺產》的編輯遂將來稿約其大義，簡錄數語，刊載出來，云：「目前我們還沒有能夠對『鴻』字的解釋得出確切的答案，但大家所提供的許多材料和見解，對於這首詩以及《詩經》中類似問題的理解，還是有參考價值的。」（〈關於「詩經・新臺篇鴻字說」〉）雖沒得出「確切的答案」，而王綸等許多學者的質疑都是聞一多〈鴻字說〉一文所無法回答的。照理，已足夠動搖郭沫若在《全集・序》中說〈鴻字說〉「發前人所未發」、「使人瞠惑」的讚譽了。但遺憾的是，這次的努力彷如雪泥鴻爪，並沒有留下深刻的痕跡，連後來幾位重新質疑聞一多之說的學者都未給予相當的重視，〔註9〕遑論其它。

───────────

〔註 9〕　孫風態之文未能取得，姑不論。趙陰棠、李思樂、馬承玉、汪維輝諸位先生的文章中都未提及先前刊在《光明日報》的這兩篇文章。由這四位學者的文章內容來看，雖然或有意見同於前人，但可能是人同此心，心同此理的發現，未必是得諸於前人。李思樂在反駁聞一多考之典籍無以「鴻」喻醜之說時，引《爾雅》的「鳧雁丑」以證古有鴻、鳧不美之說，王綸亦有此說，而在〈關於「詩經・新臺篇鴻字說」〉文中，郭沫若已指出王綸之誤，言《爾雅》的「丑」不是指美醜而言，而是指類別。如果李先生曾參考前人之作，當不致重蹈此誤。

　　雖然這些反對〈鴻字說〉的文章，在論證的過程中也略有瑕疵，〔註10〕但提供給我們更多的訊息來重新思量聞一多〈鴻字說〉的可信度。筆者亦認為〈鴻字說〉的「癩蝦蟆」新解，不可採信，以下，將本諸詩篇，參考先前學者的研究成果，再加上筆者的評斷予以辨正。

　　首先，對於聞一多說「鴻」字舊訓為鳥名不妥的三個理由：鴻是高飛的大鳥，「既不可以網取，又無由誤入於魚網之中」，與「籧篨不鮮」、「籧篨不殄」、「得此戚施」比並，作為醜惡之喻，尤大乖於情理的議論，討論如下：

　　第一，「魚網之設」本為捕魚，此人所習知；下接「鴻則離之」，這是一種隱喻的修辭手法，所要傳達的意思正是《毛傳》所說的：「言所得非所求也。」本指望得魚，反捕得了「鴻」，「鴻」是美是惡非關鍵所在，重點是求與得之間的出入。聞一多說鴻「無由誤入於魚網之中」，就造成突兀的效果而言是正確的理解。就像是詩中的齊女原以為所求是「燕婉」的佳子，令人意想不到卻是老醜的衛宣公一樣突兀。而聞一多藉此以言取鴻鳥當以矰繳，不當以網羅，「網羅」不但與所要論述的主題——「魚網」失之毫釐，差之千里，且所論亦非。《爾雅·釋器》云：「鳥罟謂之羅。」《說文解字》：「羅，以絲罟鳥也。」「罻，捕鳥網也。」皆是以網羅捕鳥之證。聞一多更強調「鴻」絕無入魚網的可能，進而推論此「鴻」絕非鴻鳥，實非解人。〔註11〕

　　第二，此章的後面兩句「燕婉之求，得此戚施」，除了寫出所得非所求的情況外，「燕婉」與「戚施」，一美一惡，也截然成為對比。詩篇的一章裡，

〔註10〕如前註所云對「鴻雁丑」的誤解。以及解釋「鴻」為何物時，眾說紛紜，或引晉朝陸璣的《毛詩草木鳥獸蟲魚疏》等時代較晚的說法為證，混「鴻」、「鳧」為一，這在論證上都是較受訾議的。

〔註11〕學者在考證此問題時，常為聞一多的證辭所累，詳加駁證聞一多說鴻是高飛的大鳥，取之以矰繳，不可以網羅，又無由誤入於魚網之中等說法的錯誤。如馬承玉〈詩·新臺「鴻」字說辨〉詳證古有以網捕鳥的記載，其說殆無可疑，只是「網」不等於「魚網」，對於反駁聞一多之誤有功，對於解決詩篇本身的問題無益。汪維輝則說「鴻」就是「鴻雁」，並用現代動物學的知識，說明此禽生活在河川、沼澤等植物叢生的水邊，喜在江河湖泊中覓食，主要食物為各種草木植物，愛吃蜆、螺等軟體動物，也能潛水於水中尋找食物（參〈也說《詩·新臺》之「鴻」〉）。汪氏之說，甚為明確有力，雖就「歷史生物學」的觀點以論之，古之所謂「鴻」和今之動物學中的「鴻雁」是否完全相等，有待考察。然古籍中《易經·漸卦》有「鴻漸于干」語，《詩經·豳風·九罭》又云「鴻飛遵渚」，皆可證鴻會在水畔活動，誤為魚網所絆的可能性雖小，然這正是可與〈新臺〉詩主題對照的突兀所在。

前兩句若有和後兩句完全一致的情境，當然高明，但沒有理由說前兩句必然要涵蓋後兩句全部的意思。「桃之夭夭，灼灼其華，之子于歸，宜其室家」，前兩句只形容出「之子」，不說與「宜其室家」何干，連「于歸」兩字也沒有點出。比照來看，何能求備於〈新臺〉詩的「魚網之設，鴻則離之」？是以我們認為「魚網之設，鴻則離之」，只有點出後兩句「得非所求」此一端的意思而已。

　　由上面的敘述，知聞一多論「鴻」不當訓為鳥名的理據已難成立，舊解既無可厚非，新解自難成立。為了避免讀者誤以為筆者妄議前人鴻文之非，以下我們仍將謹慎地審度聞一多論證「鴻」字是蟾蜍的證據是否可以成立。

　　首先，他先證得戚施即蟾蜍，「籧篨與戚施並舉，以三百篇文例推之，二者當為一物」，所以籧篨亦是蟾蜍。以詩之上下文義求之，「鴻」與「籧篨」「戚施」當為一物。「詩意以戚施與魚對舉，又以鴻與魚對舉，戚施、籧篨並即蟾蜍，則鴻亦當即蟾蜍矣。」

　　在訓詁方面，「戚施」、「籧篨」到底應作何解釋，眾說紛紜，至今無達詁，〔註12〕在聞一多反反覆覆修正的解釋中，或者說是蟾蜍，或者是鐘鼓之柎、飾虡之物……我們也感受到他對這兩個詞拿捏不定的困擾。〔註13〕所以戚

〔註12〕「籧篨」，《毛傳》：「籧篨，不能俯者。」王質《詩總聞》：「籧篨，今龜胸也。」向熹《詩經詞典》：「籧篨，也作蘧篨，粗竹席。比喻有殘疾，腰不能彎，今所謂雞胸。」此類說法乃就生理現象來說。另一說法則指口柔、巧言而言，如鄭《箋》：「籧篨，口柔。常觀人顏色而為之辭，故不能俯者也。」《爾雅・釋訓》：「籧篨，口柔也。」孔《疏》：「李巡曰：籧篨，巧言好辭以口饒人，是謂口柔。」朱守亮先生《詩經評釋》說法又有不同：「籧篨，形如大水缸之竹簍。或以為不能俯，疾之醜者也。蓋籧篨本竹席之名，人或編以為囷，其狀如人之臃腫而不能俯者，故又因以名此疾也。」「戚施」，《毛傳》：「戚施，不能仰者。」王質《詩總聞》：「今駝背也。」這也是就生理現象來說。另外又有面柔之解。鄭《箋》：「戚施，面柔。下人以色，故不能仰也。」孔《疏》：「李巡曰：……戚施，和顏悅色以誘人，是謂面柔也。」（以上參考張樹波《國風集說・上》，頁392～394）

聞一多自己的說法已多分歧，聞一多以外，諸家也有這麼多的異說，而這只是引述一小部份典籍的載錄而已，可以想見這兩個詞之難解。劉又辛有〈釋「籧篨」〉一文，從語音上來考究此一詞語。載於《語言研究》，1984年第1期（總第6期），頁78～84，1984年5月。僅註於此以供參考。

〔註13〕聞一多之論，參本章第四節引述。對於聞一多所說的「鐘鼓之柎，刻木象猛獸，其狀醜，此以喻貌醜之人」（〈風詩類鈔〉頁75）、「《詩》意本以飾虡之物象喻人之貌醜」（《古典新義》，頁196）等說，季旭昇先生〈評聞一多《詩經》論著中的古文字運用〉一文中有駁正，云：曾侯乙墓編鐘上的銅虡人，身上

施、蘧篨即是蟾蜍之說，不足深信。而是推證過程中，他濫用三百篇的「文例」，這又是顯而易見的。譬如〈召南‧摽有梅〉云：

> 摽有梅，其實七兮。求我庶士，迨其吉兮。
> 摽有梅，其實三兮。求我庶士，迨其今兮。
> 摽有梅，頃筐墍之。求我庶士，迨其謂之。

以文例觀之，「其實七兮」、「其實三兮」、「頃筐墍之」相同之處爲：都是形容梅子存在狀態的用語，不一樣的是存在狀態多寡有所不同；「迨其吉兮」、「今兮」、「謂之」亦仿此。由此可知，在《詩經》複沓的章節中，並不能用甲等於乙等於丙這條缺乏普遍適用性的公式推之。〈新臺〉詩云：

> 新臺有泚，河水瀰瀰。燕婉之求，蘧篨不鮮。
> 新臺有洒，河水浼浼。燕婉之求，蘧篨不殄。
> 魚網之設，鴻則離之。燕婉之求，得此戚施。

從這三章來看，「蘧篨」、「戚施」都是與「燕婉」相對的惡語，文例的使用到此已是極限了，並不能藉以進一步推得戚施若是蟾蜍，則蘧篨也定是蟾蜍的結論。且「魚網之設，鴻則離之」是第三章的前二句，更不當與三章中的後兩句比同觀之，就猶如拿〈摽有梅〉的「頃筐墍之」和「迨其吉兮」、「今兮」、「謂之」比同一樣，成何道理？所以說，聞一多在論證時濫用了三百篇的文例。〔註14〕

髹漆彩繪，著衣裙，束腰帶，造形端莊，神態安祥，實與醜態無關，並附錄自《曾侯乙墓》頁79的銅虞人圖以爲證。（《經學研究論叢》第二輯，頁247。臺北：聖環圖書公司，1994年10月）

〔註14〕 〈關於「詩經‧新臺篇鴻字說」〉一文中載曰：「以文例推求詞義和就語根推求詞義的方法就不一定不正確」。麕和鹿雖非一物，但屬同類。這種例子風詩和古代名物中很多：……夏宗禹更進一步指出麕和鹿恰巧就是一物。像這種異名同物的現象，《詩經》中不但動物有，植物以至用具的命名都有。如〈王風‧兔爰〉篇中的「雉離于羅」、「雉離于罦」、「雉離于罿」中的「羅」、「罦」、「罿」都是一物而異名。

這些學者用〈野有死麕〉和〈兔爰〉爲證，言聞一多用文例證鴻爲蟾蜍是可行的。這樣的論證，無法成爲有效的依據。依他們所言以觀〈魯頌‧駉〉篇，定要將其中的「有驈有皇，有驪有黃」、「有騅有駓，有騂有騏」、「有驒有駱，有駵有雒」、「有駰有騢，有驔有魚」等這麼多的馬全畫上等號，這是個先秦時公孫龍論「白馬非馬」就解答過的問題了，他們的共名是馬，就個別的不同而有種種的別名，混爲一談可乎？姑不論這些名物之間等不等於的問題，就以舉證來說也缺乏普遍性或代表性，只是諸多現象中的一類而已。

其次，聞一多又云：《說文・黽部》所載諸名皆大腹蟲，是「黽」本有大腹義。蟾蜍一名黽，諸書稱蟾蜍之狀皆曰大腹。鴻古作鳿，諸「工」聲之字多與大腹之義相關，鳿亦從工聲，是以「鴻」亦有大腹義，其本義當爲大腹鳥。「蟾蜍爲大腹蟲，鴻爲大腹鳥。故蟾蜍亦得謂鴻，形相似，斯名得相通也。」

這一點王綸早在 1956 年就有了很好的評論。他說聞一多這樣的推論是不能成立的，「如果因爲蟾蜍和鴻都是大腹，就可以說是同物，那末，凡是同一類形的生物，都可認爲是同一物體了。這種推理的方法，只知注重形式而忽略內容，是很容易陷入唯心論的。」他並且用邏輯學的三段論法來說明聞一多的錯誤所在：

> 蟾蜍爲大腹蟲…………………………大前提
>
> 今鴻爲大腹鳥…………………………小前提
>
> 故鴻就是蟾蜍…………………………結論

這種推論的錯誤，是因爲大小前提中的「中名辭」——即是「大腹」，各有所指，而沒有周延，「所以不得以蟾蜍和鴻都是大腹，就說是同物」。（〈聞一多先生「詩新臺鴻字說」辨正〉）

聞一多又說：「苦蠪即鴻之古讀也。」《廣雅・釋魚》曰：「苦蠪，蝦蟆也。」《名醫別錄》曰：「蟾蜍，一名苦蠪。」是以推得鴻即蟾蜍。

「蟾蜍」和「苦蠪」據古書之載乃一物之異名，這是比較有根據的；但在「鴻」和「苦蠪」之間畫上等號，他的舉證則不夠直接有力。如謂：「窟籠謂之空，胡嚨謂之項，屈蘢謂之鴻，並猶苦蠪謂之鴻，草之屈蘢亦謂之鴻，其例尤爲明著。」又由古代俗語、近代俗語並暹羅語，推知鴻與苦蠪爲語之變，而苦蠪實蟾蜍之異名云云。聞一多試圖由語音的推論而證成其說，事實上由於漢語同音者多，音與音之間又可由雙聲、疊韻等因素而得通轉，如果沒有其他有力的證據作爲推論的證據，由音推得兩字音可通，也無法說兩字是相同的。

至於《易林・漸之睽》：「設罟捕魚，反得居諸。」居諸者，蟾蜍也，聞一多以爲《易林》此說，乃本諸〈新臺〉詩而言。《詩》曰「鴻則離之」，《易林》曰「反得居諸」，是漢代齊詩以鴻爲蟾蜍之證。此點，王綸已有批評：

> 《易林》說的是「居諸」，而沒有說是「鴻」。而況《易林・兌之無妄》的卦詞，也有「結網得鮮」的話，難道我們也可以說得魚就是得到居諸嗎？（〈聞一多先生「詩新臺鴻字說」辨正〉）

　　總而言之，聞一多所舉的證據看似不少，但都在疑似之間，不夠直接、有說服力。將其蟾蜍的新解，用來解釋《詩經》其它篇章中的「鴻」，如「鴻飛遵渚」、「鴻飛遵陸」，扞格不通；放諸於古籍中，也無「鴻」可通「苦蠪」、可解作蟾蜍的。所以，聞一多〈詩・新臺鴻字說〉的結論是不可採信的。

第六節　談聞一多的治《詩》方法

　　聞一多曾在《楚辭校補・引言》中提到他研究《楚辭》的方法，他說：

> 較古的文學作品所以難讀，大概不出三種原因：（一）先作品而存在的時代背景與作者個人的意識形態因年代久遠，史料不足，難於了解；（二）作品所用的語言文字，尤其那些「約定俗成」的白字（原註：訓詁家所謂「假借字」），最易陷讀者於多歧亡羊的苦境；（三）後作品而產生的傳本的訛傳，往往也誤人不淺。《楚辭》恰巧是這三種困難都具備的一部古書，所以在研究它時，我曾針對著上述諸點，給自己定下了三項課題：（一）說明背景，（二）詮釋詞義，（三）校正文字。（《古典新義》，頁 314）

不只是在《楚辭》的研究上，其實，聞一多對待《詩經》這部書時，也是用著同樣的理解和治學方法。〈匡齋尺牘〉中，他強調處於現代的「文明人」要懂二千五百年前「原始人」的困難，因為「文化既不是一件衣裳，可以隨你的興致脫下來，穿上去，那麼，你如何能擺開你的主見去悟入那完全和你生疏的『詩人』的心理！」這即是他上面所說的第一點困難，所以解《詩》必須說明背景。第二點和第三點，說的是假借字、傳本訛誤造成解讀障礙的問題，在〈風詩類鈔・序例提綱〉中，聞一多就指出：「今本《毛詩》錯誤不少」，這些錯誤「有可據三家詩訂正者」，「有可據舊本訂正者」，「有可據叶韻訂正者」，「有可據上下文義訂正者」。又說：「經文用假借字者則注正字於下」，「三家異文之勝於毛者，以三家為正字毛為借字」。可見《詩經》中異文校勘、假借字的問題，同樣是聞一多治《詩》時所關心的。

　　聞一多所指出的研究困難，是確實存在的，所以他所說的三項課題──也是治《詩》的方法：說明背景、詮釋詞義、校正文字；學者咸對此加以讚美，筆者也認同其必要性。只是聞一多在落實這些方法的過程是否得宜，則又有待商榷了。譬如說明《詩經》時代的背景，聞一多言：

《詩經》時代的生活，還沒有脫盡原始的蛻殼，……真正《詩經》時代的人只知道殺、淫。一部《左傳》簡直充滿了戰爭和奸案。《左傳》裡的人物，是有理智，講體面的上層階級，尚且如此，那《詩經》裡的榛榛（引者按：當作「獉」字）狉狉的平民，便可想而知了。……認清了《左傳》是一部穢史，《詩經》是一部淫詩，我們才能看到春秋時代的真面目。（〈詩經的性慾觀〉，新《全集》，第 3 冊，頁 190）

由於他是這麼看《詩經》時代的，所以覺得許多詩篇都是淫詩，魚、釣魚、食、雲、雨……等等都成了與性有關的象徵和隱語。他對《詩經》時代背景的說明，我們無法認同；他對詩篇蘊含性隱語的詮解，也因缺乏有力的證據，而無法讓我們相信（參本論文第三章）。「說明背景」時，在理想與實踐中有如此的落差，詮釋詞義、校正文字時也一樣。

　　現存的《毛詩》有錯誤、有假借字，可據三家詩、據舊本、據叶韻、據上下文義以訂正錯誤，這個看法和訂正方法都是正確而可行的。詮釋詞義和校正文字是解《詩》的必要工夫，相信大部份的學者也能接受，然而，我們從聞一多的著作來看，卻不免感覺到聞一多在運用這些方法時有流於輕率之弊，趙制陽先生在〈聞家驊詩經論文評介〉中已略有批評（《詩經名著評介》，頁 321～349。臺北：臺灣學生書局，1983 年 10 月初版），以下再加以申說。

　　其一，聞一多常喜改字、用假借字說詩，濫用同音、聲轉，除所改缺乏理據外，放諸古籍或詩篇本文大多無徵。〈詩‧新臺鴻字說〉正有此失，然〈鴻字說〉猶經較多的考證推論，在聞一多其《詩經》研究著作中，率意改易，罕少論述、推證者所在皆是。如此臆斷逕改，實古籍之厄。茲舉以下諸例為證。

1、〈風詩類鈔甲‧澤陂〉：「『有美一人，傷（原註：陽）如之何！』陽一作姎，又作卬，是女性的第一人稱代名詞。」由傷改成陽又轉成姎、卬，沒什麼道理，原來的「傷」字於文義無礙，改成「卬」字也不見得更通達。

2、〈詩經新義──二南〉釋〈葛覃〉「葛之覃兮」、〈旄丘〉「何誕之節兮」，云「案覃為蕈之省，蕈即藤聲之轉。……葛之覃即葛之藤耳」，「誕亦藤聲之轉」。借助聲轉，說覃、誕為藤之借字，於文義雖亦可通，恐怕非為法則。

3、〈詩經通義乙‧周南‧關雎〉解「窈窕淑女」：「淑讀為叔，……淑女，猶季女靜女。」（新《全集》，第 4 冊，頁 11）解「琴瑟友之」「鐘鼓

樂之」:「『友』、『樂』並舉,是友亦樂也。友當讀作怡,古音同」(同
上,頁 13)。改淑爲叔,橫生歧義;改友爲怡,乃由於濫用文例之故,
只因「古音同」而將兩字畫上等號,不可爲訓。

4、〈詩經通義乙・秦風・晨風〉釋「樂」:「樂讀爲療。『憂心靡樂』,言
心憂不易療治也。」(同上,頁 292)在這裡,聞一多以爲樂是療的假
借,此解大概仿諸〈陳風・衡門〉「泌之洋洋,可以樂飢」句中「樂」
爲「療」之假借的例子,然〈衡門〉詩之改,有《韓詩外傳》、《列女
傳》等引詩「樂」俱作「療」爲證(參《詩三家義集疏》,頁 467~468。
臺北:明文書局,1988 年 10 月),故向來爲學者所信從。然〈晨風〉
樂字之改,卻沒有證據可以支持,豈可一概而論?

5、〈詩經通義乙・小雅・車攻〉釋「徒御不驚」:「《正義》曰:『豈不警
戒乎?』是詩原作警。今詩及《爾雅》皆作驚,誤。」(新《全集》,
第 4 冊,頁 396)在校正文字時,聞一多據《正義》有「豈不警戒乎」
之語,而斷今本《詩經》及《爾雅》作「驚」誤。然而,非但《詩經》、
《爾雅》作「驚」,毛、鄭釋義時亦皆用「驚」字,《正義》或只是約
括其義,遽據此而改,爲何信孔《疏》而不信其它?恐本末倒置。

6、〈詩經通義乙・小雅・白華〉釋「戢其左翼」:「左讀爲沙。……案沙
即羽也。」(同上,頁 448),要把左字轉成沙、再轉成羽,何其困難!
聞一多用了三頁的篇幅,廣引字書、類書等古籍,堆砌了數十條欠梳
理的資料,難以卒讀。

7、〈詩經通義乙・陳風・東門之枌〉中,釋九個詞組,就有四個改字爲
說,云:市疑當爲坮;越讀爲雩;饙讀爲奏;邁讀爲萬;菽讀爲菉(同
上,頁 299~300)。今本《詩經》之誤,有如許之多嗎?

其二,詮釋詞義,過於主觀。有一些例子已見諸本論文第三章所提到的
把詩篇中魚、食魚、釣等字詞,做言外之意的解釋等等,在聞一多看來有性
象徵的隱語還眞不少,再舉幾個例子爲證。

1、〈風詩類鈔甲〉釋〈有杕之杜〉「中心好之,曷飲食之」云:「飲食是
性交的象徵語。」雖不是食魚,只是「飲食」,也和性交有關。

2、〈詩經的性慾觀〉說〈高唐賦序〉言神女能「暮爲行雨」,《詩經・伯
兮》「其雨其雨,杲杲出日」以及〈敝笱〉篇的「齊子歸止,其從如
雲」、「齊子歸止,其從如雨」,這些雲、雨都與性交有關。(新《全集》,

第 3 冊，頁 179～180）

3、〈風詩類鈔甲〉釋〈淇奧〉「善戲虐兮，不爲虐兮」，云：「不爲虐是不涉穢褻之意，……『不爲虐兮』一句，尤可玩味。」〈風詩類鈔〉的註語本就簡潔，「尤可玩味」一句，似有深意，與〈詩經的性慾觀〉參照後，方知所云爲何。〈詩經的性慾觀〉釋《詩經》中的「謔」「虐」等字云：

謔字，我沒有找到直接的證據，解作性交。但是我疑心這個字和 sadism，masochism 有點關係。性的心理中，有一種以虐待對方，同受虐待爲愉快之傾向。所以凡是喜歡虐待別人（尤其是異性）或受人虐待的，都含有性慾的意味。國風裏還用過兩次謔字。〈終風〉的「謔浪笑敖」很像是描寫性交的行事，總觀全詩，尤其是 sadism，masochism 的好證例。〈淇奧〉云：「善戲謔兮，不爲虐兮。」馬瑞辰《毛詩傳箋通釋》云：「……襄四年《左傳》：『臧如紇如齊唁衛侯，衛侯與之言虐』。虐即此詩『不爲虐兮』之虐，謂戲謔之甚。故紇云『其言糞土』，謂其言污也。」然則虐字本有淫穢的意思。（原註：所謂「言虐」定是魯迅先生所謂「國罵」者）《說文》：「虐，殘也。從虎爪人，虎足爪人也。」《注》：「覆手曰爪，反爪向外攫人是曰虐。」覆手爪人，也可以聯想到，原始人最自然的性交狀態。謔字可見也有性慾的含義。（新《全集》，第 3 冊，頁 173～174）

把虐、謔兩個字從性行爲異常的 sadism（虐待症），masochism（被虐待症）的角度來解釋，〔註15〕確實是別開生面。關於聞一多援性說《詩》，本論文第三章已討論過了，此不贅述。引這段文字最主要想凸顯聞一多爲證成己說，或有曲解古籍以從己意的情況，如上面所節引的清朝馬瑞辰一段文字，以其有「謂其言污也」一句，所以聞一多援以爲證，並藉以引申云：「然則虐字本有淫穢的意思。」我們把馬瑞辰這段文字較完整的轉錄於下：

「不爲虐兮」，《傳》：「雖則戲謔，不爲虐矣。」瑞辰按：虐之言劇，

〔註15〕曾玟煋醫師云：通常之性行爲原來都帶有一些虐待與被虐待之色彩。但假如此傾向變爲極端，專門以身體上或精神上虐待對方或被對方虐待才能獲得性之興奮與快感者，屬於性異常，分別稱爲性虐待症，或被虐待症。因爲實際上此二症是相補性的，且常常同時出現於同一病人身上，故又稱爲「虐待——被虐待症」（sado-masochism）。（〈談性異常〉，《性學三論》，頁 221。臺北：志文出版社，1971 年 3 月初版，1992 年 5 月）

謂甚也。如〈終風〉詩「謔浪笑敖」，即爲虐矣。……襄十四年《左
傳》：「臧紇如齊唁衛侯，衛侯與之言，虐。」虐即此詩「不爲虐兮」
之虐，謂戲謔之甚，故紇云「其言糞土」，謂其言污也。（陳金生點
校《毛詩傳箋通釋》，卷6，頁200，〈淇奧〉。北京：中華書局，1992
年2月）

點校者陳金生所作的校記，更正了「襄四年」之誤，云：「『十』字原脫，據
《左傳》補。」（同上）聞一多但據《毛詩傳箋通釋》言，未核《左傳》，是
故沒有發現脫去「十」字，出處應在襄公十四年方是，有過於大意之弊，但
猶不足以厚責其非。較嚴重的是馬瑞辰一開始就明白的解釋：「虐之言劇，謂
甚也。」並舉了〈終風〉詩「謔浪笑敖」的太超過，和〈淇奧〉「不爲虐兮」
的恰如其分作一對比，釋義非常明白，前面的這幾句聞一多引述時皆省去，
而執一「污」字解作淫穢，可謂見樹不見林。段《注》：「覆手曰爪，反爪向
外攫人是曰虐。」僅是說明虐字釋爲虐待、殘害之義的造字本由，而聞一多
竟發揮成：「覆手爪人，也可以聯想到，原始人最自然的性交狀態。謔字可見
也有性慾的含義。」若說聞一多不明白馬瑞辰、《說文》、段《注》的原義，
這眞是不可思議；若是明知其義，而又斷章取義，使他們皆成爲證成己說的
憑據，強人以就我，在論證上自是大忌。

　　詮釋詞義過於主觀的現象，當然不只發生在以性說詩這上頭，如〈詩經
通義──周南〉釋「兔置」和「騶虞」云：

騶虞，《傳》以爲白虎黑文者，鄭志〈答張逸問〉引《周書·王會篇》
佚文同。〈海內北經〉曰：「林氏國有珍獸，大若虎，五采畢具，尾
長於身，名曰騶吾。」「若虎」之說，亦與《傳》合。虎謂之騶虞者，……
騶虞之合音近菟，蓋方俗呼虎爲菟，訛變而爲騶虞耳。《書·皋陶謨》
「合止柷敔」，鄭注曰「敔狀如伏如虎」，……案「柷敔」實二字一
名，其合音近菟。此器狀如虎，故謂之柷敔。《淮南子·俶眞篇》「騎
蜚廉而從敦圄」，高注曰「敦圄似虎而小」。敦圄合音亦近菟，故虎
謂之敦圄。虎謂之騶虞（原注：吾），猶虎謂柷敔，又謂之敦圄也。
〈召南〉之詩稱虎曰騶虞，猶〈周南〉之詩稱虎曰菟，蓋皆楚語歟？
（《古典新義》，頁119）

《毛傳》云：「騶虞，義獸也，白虎黑文，不食生物，有至信之德則應之。」
其說玄異，後來學者大多認爲騶虞當解作掌獵事之官，於典籍中有徵，於詩

文義亦通，〔註16〕聞一多猶本《毛傳》白虎黑文之說以發揮，並說騶虞、枳
敹、敦圉合音都近「菟」，都是虎之義云云，推論的不周，顯然可見。

　　至於〈風詩類鈔甲·汾沮洳〉釋「彼汾沮洳，言采其莫。」云：「『言』『我』
一聲之轉。」試圖以「我」釋「言」，乃本諸鄭《箋》咸將「言」解作「我」
──也可以說是重蹈了鄭玄的覆轍。若是在民國之前，猶有可說，但自 1913
年胡適寫出了〈詩三百篇「言」字解〉，引發了胡樸安、吳世昌、沈昌直、章
太炎、楊樹達等作一系列討論的文章後，〔註17〕聞一多仍昧於古訓，不免受
人非議了。

　　又如，〈詩經通義乙〉釋〈豳風·鴟鴞〉「予手拮据，予所捋荼，予所蓄
租，予口卒瘏」云：「『予所蓄租，予口卒瘏』二句當互易，與上二句一律。」
（新《全集》，第 4 冊，頁 355），排比是一種修辭，錯綜亦是，並無不妥。此
例在毫無版本等證據的情況下，聞一多仍勇於自信。

　　再如〈匡齋尺牘〉云：「有人說〈雅〉的產生晚於〈風〉，凡〈雅〉詩與
〈風〉詩雷同或肖似的地方，都是〈雅〉勦襲或模仿〈風〉的地方。」（〈匡
齋尺牘·九·公孫的裝束〉）不知所據為何。從內容及文辭上平易、艱奧的成
份比重看來，〈雅〉早於〈風〉是不待多辨的，聞一多說「〈雅〉的產生晚於

〔註16〕可參王先謙《詩三家義集疏》及張樹波《國風集說·上》兩書的〈召南·騶
　　　　虞〉對「騶虞」一詞的說明。
〔註17〕諸位學者的文章出處如下：
　　　　1、胡適〈詩三百篇「言」字解〉
　　　　　　《留美學生年報》，第 2 期，1913 年
　　　　　　《神州叢報》，第 1 卷第 1 期，1913 年 8 月
　　　　2、胡樸安〈詩經言字釋〉
　　　　　　《國學彙編》，第 3 集，頁 1～5。上海：國學研究社，1925 年 6 月
　　　　3、吳世昌〈詩三百篇「言」字新解〉
　　　　　　《燕京學報》，第 13 期，頁 153～169，1933 年 6 月
　　　　4、沈昌直〈詩經「言」字解駁胡〉
　　　　　　《國學論衡》，第 3 期，頁 1～3，1934 年 6 月
　　　　5、章太炎〈答楊立三《毛詩》「言」字義〉
　　　　　　《制言》半月刊，第 19 期，頁 1～4，1936 年 6 月 16 日
　　　　6、楊樹達〈與胡適之論《詩經》言字書〉
　　　　　　《考古學社社刊》，第 6 期，頁 347～351，1937 年 6 月
　　　　學者們對胡適所解，雖或有異議，然鄭玄解已不復受肯定，固無可疑。可參
　　　　考王靜芳《胡適詩經論著研究》（嘉義：國立中正大學中國文學研究所碩士論
　　　　文，1994 年 7 月）第三章第二節〈胡適對歷來《詩經》虛詞解釋的質疑〉及
　　　　第四章第三節〈胡適對《詩經》虛詞的闡釋〉。

〈風〉」已令人詫異，又說有雷同肖似之處「都是〈雅〉勦襲或模仿〈風〉」，
天外飛來一筆，這又不知從何說起了。

　　朱自清說聞一多校勘古書的成就「駸駸乎駕活校的高郵王氏父子而上之」
（〈中國學術的大損失——悼聞一多先生〉，《聞一多研究四十年》，頁 98。北
京：清華大學出版社，1988 年 8 月）；季鎮淮說聞一多「他崇拜皖派高郵二王
（念孫、引之），以他們的著作爲經典，置之案頭，隨時考查閱讀」（〈聞一多
先生與中國傳統文學研究〉，《聞一多研究四十年》，頁 144）；王瑤說聞一多「研
究古代文獻，醉心於考據訓詁之學，尤其欽佩王念孫父子的成就。」（〈念聞
一多〉，《聞一多研究四十年》，頁 135）從這三段出自於聞一多同事、學生的
話裡，可看出聞一多與高郵二王的關係。時隔世移，凌駕二王處是有的，然
亦有不免因襲其誤之處。

　　黃愛平〈乾嘉學者王念孫王引之父子學術研究〉一文中（《中國經學史論文
選集・下》，頁 484～526。臺北：文史哲出版社，1993 年 3 月初版），指出王氏
父子校勘極爲重視類書，「好據類書或他書的引文來改動本文」，「而忽視了他們
藉以作爲校勘依據的類書或他書引文本身所存在的問題」。是以姚永概譏之曰：
「王氏信本書之文，不及信《太平御覽》、《初學記》、《白帖》、《孔帖》、《北堂
書鈔》之深，斯乃好異之弊。」（《慎宜軒文》，卷 2，〈書經義述聞、讀書雜志
後〉，轉引自黃愛平之文。）聞一多好引類書，也教學生從類書中找資料，趙儷
生〈謹評聞一多先生的學術成就——兼論中國文獻學的新水平〉一文和《趙儷
生學術自傳》有言，〔註18〕見諸聞一多的著作中也可得證。〔註19〕

〔註18〕趙儷生〈謹評聞一多先生的學術成就——兼論中國文獻學的新水平〉云：「他
　　　的考證學的既成業績方面表現爲膽大而不夠冷靜，在蒐查類書與堆積證據時
　　　還不免於受自己主觀的支配。……喜歡查類書，喜歡堆積證據而不善於挑別
　　　證據，喜歡作假設而不善於做定讞。」（《新建設》，第 1 卷第 8 期，頁 16，1949
　　　年 12 月）《趙儷生自傳》說他在清華就讀時曾選修聞一多開的神話課，云：「記
　　　得聞先生給的題目是『遠古帝王感生傳說的分析』，就是指那些履巨人跡……
　　　我生平第一次學會查類書、翻叢書，就是圍繞著做這篇 paper 開始的，這就正
　　　式踏上文獻學的邊沿了。對《北堂書鈔》、《藝文類聚》、《太平御覽》、《永樂
　　　大典》、《古今圖書集成》以及《玉函山房輯佚書》等，開始翻查也感到過煩
　　　躁，久之嘗出滋味，即根據一根線頭可以找到很多花花綠綠的線頭，心裡很
　　　喜歡幹這個事。」（頁 31。成都：巴蜀書社，1993 年 11 月）可見聞一多不管
　　　是自己治學，或是教導學生都很看重類書。
〔註19〕許芥昱說聞一多：「他的文章不是一些詰屈聱牙、難吞難嚥、鑽牛角尖的學識，
　　　不是只有專家們用很大的忍耐才可以讀懂的。他的文章充滿了生氣。」（《新

　　黃愛平又說在訓詁方面，王氏父子過分強調了因音求義方法的重要性，因音求義的方法本身極易流於隨意通轉，任意破壞，甚至輕易使用「一聲之轉」或「音近義同」的說法，來取代訓詁考證所必須的大量根據和嚴格論證。他所指出的王氏父子兩點的疏失，從我們前面舉證的例子中，也可以看到聞一多也有這方面的缺失。

　　與聞一多年代差不多的《詩經》研究者──瑞典高本漢，〔註 20〕他在處理假借字的問題是極為慎重的，不輕言假借是其說《詩》的特色之一。前人說某字是某字的假借字時，他必定用現代的古音知識來看那兩個字古代是否同音。如是，再來看古書裡有沒有同樣確實可靠的例證。然而，即使音也全同，例證也有，只要照字講還有法子講通，他仍然不去相信那是假借字。漢語的同音字很多，如果漫無節制的談假借，簡直可以各隨己意，人言言殊，這是不足為訓的。（參《高本漢詩經注釋‧上》，董同龢〈譯序〉、高本漢〈序言〉，臺北：國立編譯館，1960 年 7 月印行，1979 年 2 月再版）

　　高本漢是著名的漢語語言學家，深諳古代的聲韻學，在看到聞一多屢由聲音通轉而改字、輕言假借時，高本漢如是的見解，有如當頭棒喝。在盛讚聞一多的創見之時，參酌一下高本漢的意見，可能會找到更好的平衡點。

　　詩的開路人──聞一多》，頁 193，坊印本）這樣的形容恐怕很片面。以《詩經》著作而言，除〈卷耳〉、〈詩經的性慾觀〉發表於報紙上，及〈匡齋尺牘〉較少考證外，事實上，他的學術文章絕大部份都是「難吞難嚥」的考證文字，大都連篇累牘，廣引字書、類書，〈詩經通義乙〉尤其如此。其中多引《說文》、《爾雅》、《廣雅》、《釋文》、《玉篇》、《方言》、《一切經音義》、《初學記》、《太平御覽》、《北堂書鈔》、《六帖》等字書和類書，前代學者則多引毛、鄭、陳奐、馬瑞辰、胡承珙、王先謙、陳喬樅、俞樾諸人，近人則引王國維、林義光、郭沫若、于省吾、容庚等偏向古文字研究、考據一派的著作，因為聞一多走的就是乾嘉的路子。堆積文獻，滿篇都是僻字，常用通轉、假借之法，難以卒讀。

〔註 20〕董同龢的〈譯序〉指出高本漢的《詩經注釋》原由〈國風注釋〉、〈小雅注釋〉、〈大雅頌注釋〉合成，分別發表在 1942、1944、1948 年；聞一多《詩經》研究著作，大抵是發表於 1930、1940 年前後，高氏只略晚數年而已。

第六章　結　論

　　如果問寫這篇論文最困難的地方在那裡？筆者以爲，先前研究者對聞一多的頌揚、肯定，是筆者覺得最棘手、最沈重的負擔。這幾年來，因爲自己的判斷與學者們的頌揚有極大的落差而感到困惑不已；與眾爲敵，讓我常常不安的省思是不是我錯了。在爲聞一多的學術成就定位時，其實蠻希望我的答案和大部份的學者是一致的，可免去成爲「異端」的忐忑。然而，聞一多的原典一遍一遍的讀過，前人對聞一多學術成就的盛譽，總無法獲得我的共鳴。

　　聞一多的著作，才是他最好的代言，我想研究者應該直接透過原典和他對話，儘管在四、五十年後來看，他的觀點有那麼多的不足，然而，他無需藏拙，那個時代，胡適說過「〈葛覃〉詩是描寫女工人放假急忙要歸的情景」，惹來周作人說他是在「講笑話」，「倘若那時也有女工，那麼我也可以說太史坐了火車采風，孔子拏著紅藍鉛筆刪《詩》了。」（〈談「談談詩經」〉，《古史辨》，第 3 冊，頁 588）。我們也不要忘了，顧頡剛曾說過大禹是一條蟲，這又是另一個「笑話」。然而，這些都無損於他們還是了不起的學者、也無損於我們對他們的尊敬。

　　聞一多晚年政治主張的得失，非我們這些不懂政治的人所能置論，然而他的一腔熱血令人動容；置死生於度外，相信並不是爲一己之私，他是在爲「和平民主的新中國而努力」（開明版《全集‧事略》末句）——這應是一句令許多人汗顏的話。做法得失固然可議，精神卻是可佩的，打從作爲一個詩人寫愛國詩開始，到他獻身政治活動遭槍擊而殞命，對中國的關懷沒有變過。

　　鏗鏘的詩作，「前腳跨出大門，後腳就不準備再跨進大門」的豪情（新《全集》，第 2 冊，〈最後一次的講演〉），他的一生是一首慷慨的悲歌。作爲敬佩

聞一多的一位後學,筆者只視聞一多猶如胡適、猶如顧頡剛、猶如民國以來的任何一位學者,猶如千百個在歷史上登場過的經學家。在〈緒論〉部份筆者已強調過,對聞一多的附麗只會轉成聞一多的負擔,如實的寫聞一多才是上策。筆者也並不想「爲賢者諱」,指出他的不足,免得後人因襲其非,這才是聞一多的功臣。如果讓一些錯誤再繼續因襲下去,百年後,聞一多不得不扛起一些責任,逃不過後人的指責——譬如說:「由於聞一多〈詩・新臺鴻字說〉不當的論證,以致百年來學者皆以訛傳訛,咸將鴻字訓詁爲蟾蜍……」云云。學者的議論有得有失,乃是常事,而錯誤造成深遠的影響後,後人的無識,卻要「始作俑者」來擔負其責,歷史的評價往往是如此。這是筆者在論文中,所以不爲聞一多諱,把原委辨明的原因。

郭沫若對聞一多曾如是的讚美:

> 就他已成就的而言,我自己是這樣感覺著,他那眼光的犀利,考索的賅博,立說的新穎而翔實,不僅前無古人,恐怕還後無來者的。(開明版《全集・序》)

說聞一多取得了前無古人,後無來者的成就。商金林先生在《聞一多研究述評》中指出:新時期的聞一多研究(1978～1988年),是最開闊、最豐富、最活躍的十年。聞一多研究呈現了「全方位研究」的生動局面,學者們對聞一多的學術成就也形成了「趨於一致的認識」。所謂「趨於一致的認識」,就是:「學者們大多贊同郭沫若在《聞一多全集・序》中的論述。」(頁388～389。天津:天津教育出版社,1990年10月)

由我們在第三章第一節〈學者論聞一多的《詩經》學〉所列舉的夏傳才、趙沛霖、張啓成、張君炎、韓明安諸位先生對聞一多的讚美,或以爲是民國以來重要的《詩經》研究者之一,或者逕以爲是《詩經》研究的第一人,可以相信商金林先生的評述所言不差。

在大陸學者較普遍的論定中,如果要說聞一多還有什麼白璧之瑕、美中不足的地方,那就是以下兩點了:

一、晚年思想才有轉變,治《詩》時未及運用馬克思主義、唯物史觀來
　　作爲研究的指導。

二、由於上述之因,對階級壓迫、鬥爭缺乏認知,只著眼於愛情婚姻的
　　詩篇,對《詩經》中的政治詩、社會詩未予以重視。〔註1〕

〔註1〕 以上兩點,本自下面三位大陸研究《詩經》、聞一多的著名學者所論整理而得。

然而，這兩點都可以因聞一多獻身政治活動、過早犧牲而取得原諒。而且，時至今日，相信多數的大陸學者也不再覺得不用馬克思、唯物史觀來說《詩》以及不談詩篇的階級壓迫、鬥爭有什麼可遺憾的了。這麼說來，聞一多豈不是很難挑出什麼毛病了？

在筆者前面幾章的研究中，覺得聞一多治《詩》的立場、觀念極為可取。不再把《詩經》當作聖經，只是把它當作一部歌謠集、當作文藝作品。且進

夏傳才先生：

> 不足之處是對〈雅〉〈頌〉中大量政治詩、社會詩，沒有予以重視；對國風中所有反映階級矛盾和階級鬥爭的內容也沒有論述……也沒有發現在愛情和婚姻的溫情脈脈面紗背後掩蓋著階級壓迫的事實。這都是人所共知的。(〈聞一多對詩經研究的貢獻〉，《齊魯學刊》，1983 年第 3 期，頁 75)

費振剛先生：

> 他生命的最後幾年裡，思想有了激烈的轉變……開始對馬克思主義的學習，但在治學方法上，他還沒有來得及作根本的轉變，這就使得他在《詩經》的研究上，明顯地看出他缺乏階級、階級鬥爭的觀念，以至於對產生於階級社會的《詩經》的階級屬性沒有做出任何分析；對《詩經》中大量存在的社會詩，沒有給予足夠的重視；在有關婚姻愛情詩歌的分析上……對其中所反映的階級壓迫的明顯事實幾乎沒有一字論及，這不能不說是很大的缺陷。(〈聞一多先生的《詩經》研究〉，《聞一多研究叢刊》第一集，頁 224。武昌：武漢大學出版社，1989 年 4 月)

趙沛霖先生：

> 聞氏對於《詩經》所做的研究工作，其中很多觀點和認識符合唯物史觀，這自然是十分可貴的，不過，這不是聞氏對於它的自覺掌握，而只是無意識的暗合。他將唯物史觀與非唯物史觀二者相提並論，並且認為它們同樣「離詩還很遠」，……這必然使他對於那些反映社會矛盾和階級鬥爭的詩歌，沒能予以充分的重視，對於一些詩歌的社會意義和思想價值認識也還不夠。(《詩經研究反思》，頁 394～395。天津：天津教育出版社，1989 年 6 月)

以上這些學者都說聞一多未及用唯物史觀治《詩》。李思樂〈繼承、創新與為現實服務——淺談聞一多先生古籍整理研究的兩個特徵〉一文卻說：「聞一多在研究《詩經》時，便科學地運用了唯物史觀這一武器。」接著引述聞一多〈匡齋尺牘〉說我們要去除掉聖人的點化云云為證 (《古籍整理研究通訊》，1984 年第 1 期，頁 31，1984 年 3 月)。而同一篇文章〈匡齋尺牘〉裡，聞一多明明白白地寫著：「唯物史觀的與非唯物史觀的，離詩還是很遠。」聞一多早年是反共的，治《詩》不太可能援用唯物史觀。趙制陽先生曾指出大陸學者說魯迅用馬克思主義的立場、觀點治《詩》，這是為魯迅「漂白」，而其它地區的學者看來卻反而是「抹黑」(〈魯迅論詩經論文評介〉，《孔孟學報》，第69 期，1995 年 3 月)。李思樂有無為聞一多「漂白」的用心不得而知。僅論述如上，以防學者誤會。

一步用「社會學」的眼光,將《詩經》視作社會的史料、文化的史料。去除掉聖人的點化,本著求真的態度去認識詩篇裡的詩人,用《詩經》時代的眼光讀《詩經》等等,在當時來說,都是很進步的看法,今日看來,也甚為有價值。所提出的方法,譬如說明背景,帶讀者回到《詩經》的時代與獉獉狉狉的原始人晤談,重視今本《詩經》可能存在的假借字、注意版本的校勘、用歸納法,佐以古文字、西方的文化人類學來解《詩》等等,這都是可貴的意見,足以作為後人治《詩》之鑑,在整個《詩經》學史上看來,也有繼往開來的意義。

　　然而理想與實踐之中,不免有所落差。譬如聞一多援引佛洛伊德的性學說、西方的巫術理論等解《詩》,就當時的接受態度和背景而言,可能有過份相信這些學說的科學性和正確性之弊,遂使得在援引這些學說解《詩》時,往往失之武斷,忽略了本文的閱讀。在訓詁上,好堆積證據,用廋語、隱語解《詩》失之穿鑿;通轉、假借之說,勇於自信;輕易改字說詩,在判斷上多流於輕率;這在〈說魚〉、〈詩·新臺鴻字說〉、解〈匏有苦葉〉的「泮」字為「合」等處都可以得證。

　　其實,趙儷生先生 1949 年 12 月發表的〈謹評聞一多先生的學術成就——兼論中國文獻學的新水平〉一文,已反駁了郭沫若對聞一多前無古人,後無來者的評價,有一些很中肯的批評,他說:由於聞一多過早逝世,以及他那「熱烈的愛憎與精悍之氣」,使他考證學的成績表現為「膽大而不夠冷靜」,「在蒐查類書與堆積證據時還不免於受自己主觀的支配」,「在瑣節考證方面頗有幾處是精彩的,然大部分仍不免於主觀地堆積證據和自信心太強大的弊病」。又舉較早的王國維治學的特點是「博而精,冷靜,多解決問題」和同時的陳寅恪掌握材料極度謹嚴,不忽視反證,也不抹殺反證或隱蔽反證,而是從反證的攻倒中建立自己正面的證據來作為對比,說聞一多:「沒有能夠很多地解決問題。他大膽而不冷靜,不免於主觀自信力的太強,喜歡查類書,喜歡堆積證據而不善於挑剔證據,喜歡作假設而不善於做定讞。」(《新建設》,第 1 卷第 8 期,頁 16,1949 年 12 月)

　　趙先生此作,似乎未曾受到重視。也許如本論文第二章所言,由於政治因素的左右,使趙先生這曲《陽春白雪》一直融不進四十年來對聞一多的歌頌聲中。商金林先生在四十年後評述此文時,猶相當不以為然,〔註2〕可以想

────────────────

〔註 2〕 商金林《聞一多研究述評》頁 291～294 討論趙儷生對聞一多的批評時,有不

見此文被打入冷宮，絕非偶然。

　　聞一多說與那求善的古人視《詩經》爲聖經比較，他旨在求眞，重在揭露詩篇的本義，古人的眞貌（〈匡齋尺牘・七，狼跋與周公〉）。過往這麼多的經學家，無不有類似的抱負，所以歐陽修的書，名爲《詩本義》；方玉潤的書叫做《詩經原始》。「本義」、「原始」之稱，都可想見其企圖，在後代看來，卻不免覺得他們在實踐這些目標的過程中都有一些偏執，聞一多也不例外。佛洛姆（Erich Fromm）《超越佛洛伊德》一書說：

> 思想家在表達他的新思想時，必先顧及他所處時代的精神。不同的社會具有不同的種類的「共識」、不同的思考範疇，以及不同的邏輯體系。每一個社會有它自己的「社會過濾器」，只有有些思想，概念和經驗可以穿透。……至於那些不能穿過社會過濾器的思想在某個社會，某個時代就不免「想像不到」（unthinkable），「形容不出」（unspeakable）了。（頁 15～16，臺北：志文出版社，1991 年 2 月初版，1992 年 5 月再版）

時代環境制約著學者，四、五十年前聞一多在寫這些《詩經》論文時，也受到那時代的學風、對待傳統態度的制約。譬如他不會深刻地認識到佛洛伊德學說的不足；譬如說《詩經》是一部淫詩、說《左傳》是一部穢史；那種亟欲突破而不夠冷靜的治學風格，在五四以後的學者都有不同程度的體現，聞一多也不能豁免。

　　聞一多說：「當我爲一個較新的觀點申訴理由時，若有非難旁人的地處，請你也記住，我的目的是要紮穩我自己的立足點，我並不因攻倒前賢而快意。這點動機上的微妙的差別，也不要忽略了纔好。」（〈匡齋尺牘・七・狼跋與周公〉）在本論文裡修正聞一多以及先前學者說法處甚多，援引聞一多這段話——不以攻倒前賢爲快，來祈請學者們的諒解。

　　筆者雖在論文中指出聞一多援引西方文化人類學，在運用上有所不當；新義疊出的創說，也因爲推證上的大膽率斷而難以取信。但作爲一個轟動一

少的「反批評」，如云：「他用王國維和陳寅恪的『特色』與聞一多的『弱點』比，這種比較的方法是不科學的」。趙文所說的是治學的基本工夫是否冷靜、詳審，這方面的不足，攸關研究成果，如果治學方法不夠嚴謹，就是有新穎等優點，亦流於妄言，我不認爲這樣的比較是不妥的。在筆者看來，處在許多學者紛紛的肯定、讚揚聞一多的環境中，不自覺的會受影響，是以對於指出聞一多不足的文章，往往較不能接受，商先生亦不能自外於其中。

時，且影響遍及海內外，左右四十年來的《詩經》研究的學者，這已足夠說明聞一多《詩經》學的價值所在。在 1912～1949 年這段時間裡，《詩經》研究著作的質與量能與聞一多匹敵的實在不多，開創性及影響力能與之並駕齊驅的就更少了。他是民國以來頗具代表性、也是極重要的《詩經》研究者，這是無庸置疑的；至於說聞一多是民國以來《詩經》研究的第一人，筆者抱持較保留的態度。無論如何，在那個動盪的時局之中，在有八口之家，要兼差治印以圖生計的困難環境裡，聞一多已經盡力交出一張令後人感佩的成績單了。

大陸學者對於傳統文化，常常說我們應該要「批判地繼承」。這四十多年來，學者對待聞一多的《詩經》學，常不假思索的接受他所提供的答案，以為是定讞、本之以作為推論的證據，而缺乏「考而後信」的態度，總是「繼承」的多，「批判」的少。「批判地繼承」，是筆者在論文的尾聲所要提出來的呼籲。

不要相信郭沫若「後無來者」的說法，「超越聞一多」正是我們這一代的責任。

附錄一　《聞一多全集》評介

《聞一多全集》　聞一多著，孫黨伯、袁謇正主編

武漢：湖北人民出版社，12 冊，1993 年 12 月第 1 版

　　聞一多（1899～1946 年），是現代詩格律派的詩人；是沈浸於古籍中的出色學者；晚年任教於西南聯大時思想左傾，危言惹禍死於暗殺，又成爲揚名中外的「鬥士」。「鬥士」的角色讓聞一多在大陸成爲頌揚不輟的英雄，相對地也讓他成爲臺灣的禁忌。

　　聞一多過世後，1948 年朱自清等人編就了開明版的《聞一多全集》共四冊，後來不管是大陸或港臺出版的聞一多原典，大抵都是據 1948 年的開明版影印而成。由於當時編纂匆促，「全集」並不全，另有聞一多若干作品及遺稿未及整理收入，現已由武漢大學聞一多研究室整理出來，編纂成新的《聞一多全集》計 12 冊，多達四百五十六萬餘字，與開明版《全集》相比，新《全集》的篇幅增加了兩倍以上。各冊的主要內容如下：

第 1 冊：新詩

第 2 冊：文藝評論、散文雜文

第 3 冊：神話編、詩經編上

第 4 冊：詩經編下

第 5 冊：楚辭編、樂府編

第 6 冊：唐詩編上

第 7 冊：唐詩編中

第 8 冊：唐詩編下

第 9 冊：莊子編

第 10 冊：文學史編、周易編、管子編、璞堂雜業編、語言文字編

第 11 冊：美術

第 12 冊：書信、日記、附錄

　　由各冊的主題可看出聞一多學問的廣博，從最古老的古文字、經書，到最現代的新詩、文藝批評都涵蓋了。此套《全集》內容之豐富，相信對於提升聞一多相關研究的水準有極大的助益。

　　我們可從一些細節中看出編輯群所投注的心力。如〈冬夜評論〉一文，在收入新《全集》時，編者還將聞一多所引的《冬夜》詩集的詩句與原詩集一一加以校正（見新《全集》，第 2 冊，頁 94）。又如〈詩經通義乙〉是從聞一多的遺稿中整理出來的，所下的許多按語，或標明這段文字原是遺稿的眉批，或解釋刪補的情況，又將稿子中許多的引文加以檢核改正，此皆可略窺整理這套新《全集》過程的艱辛。

　　筆者正以「聞一多詩經學研究」為題撰寫碩士論文，就一個受益者而言，對新《全集》編纂者的辛勞存有莫大的感激。但本著求其完備的心理，提出以下幾點淺見以供編者再版時參考，由於《詩經》部份是筆者較致力之處，是故所論以第 3、4 冊《詩經編》為主。

　　新《全集》的校對，遠不如開明版來得精細，相信這是使用過兩套《全集》的人很容易比較出來的。其次，第 3 至第 10 冊所錄皆是聞一多的古典學術論文，佔《全集》的三分之二，而《全集》以簡體字出版，值得再商榷。較可惜的是新《全集》仍不全。聞一多曾作〈卷耳〉一文，開明版《全集》雖未載，然而 1989 年出版的《聞一多集外集》（北京：教育科學出版社）曾收錄，新《全集》卻漏收，不無遺憾。孫心一〈聞一多先生與《詩經》寫意圖〉一文附載了聞一多所繪的《蒹葭圖》（《文物天地》，1986 年第 4 期，頁12～13），不知何故，第 11 冊美術專輯中也失錄。

　　武漢大學聞一多研究室所作的〈前言〉中，說為了忠於原作，且為讀者提供可信的版本，因此，「收入新編全集的文章，無論是舊版全集或其他集子已載的，還是後來經人發現重新發表的，都一律根據最初發表的版本或手稿進行校訂」（新《全集》，第 1 冊，頁 7）。這是很好的主張，可避免「以訛傳訛」，然而新《全集》的編纂卻未能貫徹，如新《全集》的《詩經編》所錄，原見錄於開明版《全集》者皆註云原載某處，並云：「據開明版《聞一多全集》

編入本卷。」初載的版本並不難查到，而仍據開明版《全集》編入，以致有以下的錯誤產生。

　　開明版《全集‧古典新義》中題作〈詩經通義〉者共有三篇，依序分論〈周南〉、〈召南〉、〈邶風〉。開明版所標註的出處以及筆者查得的正確出處如下：

　　1、〈詩經通義——周南〉開明版未標出處。

　　　　按：原載於《圖書季刊》，新第 6 卷第 3、4 期，頁 1～16，1945 年 12 月。

　　2、〈詩經通義——召南〉末云：「原載《清華學報》第十二卷第一期，民國二十六年一月。」

　　　　按：出處誤。原載於《中山文化季刊》，第 1 卷第 3 期，1943 年 10 月。

　　3、〈詩經通義——邶風〉未標出處。

　　　　按：原載於《清華學報》，第 14 卷第 1 期，頁 35～70，1947 年 10 月。

　　聞一多死於 1946 年 7 月，一年後，1947 年 10 月〈詩經通義——邶風〉才發表，據筆者的推測，這篇文章應是據聞一多的舊稿整理出來的，而非生前定稿。我們可以從文章中對〈新臺〉篇「鴻」字的釋義中得到證實：聞一多於 1935 年 7 月發表了〈詩‧新臺鴻字說〉，言「魚網之設，鴻則離之」的「鴻」字不當釋為鳥名，而應解為癩蝦蟆。然 1945 年所發表的〈說魚〉一文，卻自我否定，回歸舊說，將「鴻」字解作鳥名：「我從前把這鴻字解釋為蝦蟆的異名，雖然證據也夠確鑿的，但與〈九罭篇〉的鴻字對照了看，似乎仍以訓為鳥名為妥。」〈詩經通義——邶風〉釋〈新臺〉的「鴻」字仍依 1935 年的〈詩‧新臺鴻字說〉解，而不同於 1945 年的〈說魚〉篇。由此可見這篇文章是成於 1945 年之前的舊作，很可能就是開明版《全集》的編纂委員據遺稿整理出來的，收錄於《全集》與在《清華學報》上發表同步進行，這也就可以了解此篇為何未標明出處了。

　　而〈詩經通義——周南〉、〈召南〉的失誤則是出於混淆之故。聞一多曾作〈詩經新義——二南〉一文，出處正是「《清華學報》第十二卷第一期，民國二十六年一月」，由於篇名類似，編者誤將「詩經通義」視作「詩經新義」，將〈周南〉、〈召南〉視作「二南」而將兩篇合併為一，故誤引〈詩經新義——二南〉的出處標於〈詩經通義——召南〉之後，造成了開明版《全集》中〈詩經新義——二南〉以及〈詩經通義——周南〉、〈召南〉同一出處的矛盾。

新《全集》將〈詩經通義〉三篇合併爲〈詩經通義・甲〉，文末云此乃據開明版《全集》編入，其中〈關雎〉至〈何彼穠矣〉（按：也就是〈周南〉、〈召南〉部份），原載於「《清華學報》第十二卷第一期」，完全沿襲了開明版《全集》的錯誤，〈詩經通義──邶風〉部份的出處亦依開明版《全集》一字不提（新《全集》，第 3 冊，頁 383）。

不只是《詩經編》的情況是如此，筆者在使用《楚辭編》時也發覺凡是開明版《全集》已錄的，雖知道原來首次的刊處，然新《全集》都據開明版所錄編入，如〈天問釋天〉一文，後註：「原載 1936 年 1 月《清華學報》（第 9 卷第 4 期），據開明版《聞一多全集・古典新義》編入本卷。」（新《全集》，第 5 冊，頁 519）出處的交代完全本自開明版該文後註的「原載《清華學報》第九卷第四期，民國二十五年一月」，很不巧的，這篇開明版載錄的時間有誤，該文應發表於 1934 年 10 月。

筆者不煩一一細查，不知他篇是否有類似的錯誤。果眞能如〈前言〉所說，「一律根據最初發表的版本或手稿進行校訂」，新《全集》就不致重蹈覆轍，因襲了開明版的錯誤。

北京中華書局曾出版《聞一多全集》選刊，《神話與詩》1956 年 6 月發行了第 1 版後，1959 年 9 月第 5 次印刷；《古典新義》1956 年第 1 版，1959 年 9 月第 4 次印刷（臺北：漢學研究中心藏）。非通俗讀物而有這樣的銷售量是很驚人的，由此看來，不管在政治、新文學、學術研究都有重要影響的聞一多，新《全集》三千套的印數必然供不應求，相信不久即有再版的需要。偌大一套書，必然會有照應不周之處，瑕不掩瑜，筆者以上所提的一些淺見，並非有意吹毛求疵，而是有「精益求精」的盼望，期待再版的《全集》能更臻於完美。

陸耀東先生在〈新時期聞一多研究的回顧與展望〉文中提到新《全集》的編纂「十年辛苦不尋常」，整理遺稿尤其不易，特別提到主編之一的袁謇正先生，近十年「全力以赴，完成了約占《全集》70%的古代部分文稿整理工作。因無暇他顧，影響了個人職稱晉升和相應待遇。」（《武漢大學學報〈哲學社會科學版〉》，1994 年第 6 期，頁 3～10）這種犧牲的精神實在令人敬佩。

編纂全集、整理遺稿、保存完整史料使文獻得以流傳，是很有意義的工作，也值得臺灣的學術界借鑑與取法。

——原載《經學研究論叢》，第三輯，頁 364～367，臺北：聖環圖書公司，1995 年 4 月。收入本論文時，曾略加增改。

附錄二　聞一多《詩經》學相關書目繫年

按：《聞一多全集》曾多次再版，不煩複錄，以下僅載錄原典在開明版《全集》
　　及新《全集》兩書的出處。

1920 年

聞一多　《詩經》的性慾觀

　　　　時事新報・學燈，1927 年 7 月 9、11、12、14、16、19、21 日。

　　　　聞一多全集，第 3 冊，詩經編上，頁 169～170，武漢，湖北人民出
　　　　版社，1993 年 12 月。

1930 年

聞一多　匡齋尺牘（1、2）

　　　　（1）〈芣苢篇〉

　　　　　　學文月刊，第 1 卷第 1 期，1934 年 5 月。

　　　　　　世界學生，第 2 卷第 5 號，1943 年 6 月。

　　　　（2）〈狼跋篇〉

　　　　　　學文月刊，第 1 卷第 3 期，1934 年 7 月。

　　　　　　時與潮文藝（重慶），第 2 卷第 3 期，1943 年 11 月 15 日。

　　　　　　大學（成都），第 6 卷第 3、4 期合刊（聞一多教授殉國周年紀
　　　　　　念），頁 1～10，1947 年 8 月 20 日（按：題「匡齋講詩」）。

　　　　聞一多全集，甲集，神話與詩，頁 339～367，上海，開明書店，1948
　　　　年。

　　　　聞一多全集，第 3 冊，詩經編上，頁 198～224，武漢，湖北人民出

版社，1993 年 12 月。

張　玄　讀〈匡齋尺牘〉質聞一多
　　　華北日報（北平），中國文化，第 4、第 5 期，1934 年 9 月 30 日、10月 7 日（按：回應〈狼跋篇〉一文）。

聞一多　《詩・新臺》「鴻」字說
　　　清華學報，第 10 卷第 3 期，頁 557～563，1935 年 7 月。
　　　聞一多全集，乙集，古典新義，頁 201～208，上海，開明書店，1948年。
　　　聞一多全集，第 3 冊，詩經編上，頁 191～197，武漢，湖北人民出版社，1993 年 12 月。

聞一多　卷耳
　　　大公報（天津），文藝，第 9 期，1935 年 9 月 15 日。
　　　聞一多集外集，頁 188～194，北京，教育科學出版社，1989 年 9 月。

聞一多　高唐神女傳說之分析
　　　清華學報，第 10 卷第 4 期，頁 837～866，1935 年 10 月。
　　　聞一多全集，甲集，神話與詩，頁 81～116，上海，開明書店，1948年。
　　　聞一多全集，第 3 冊，神話編，頁 3～34，武漢，湖北人民出版社，1993 年 12 月。

聞一多　《詩經》新義──二南
　　　清華學報，第 12 卷第 1 期，頁 69～98，1937 年 1 月。
　　　聞一多全集，乙集，古典新義，頁 67～102，上海，開明書店，1948年。
　　　聞一多全集，第 3 冊，詩經編上，頁 253～288，武漢，湖北人民出版社，1993 年 12 月。

1940 年

聞一多　姜嫄履大人跡考
　　　中央日報（昆明），史學，第 72 期，1940 年 3 月 5 日。
　　　聞一多全集，甲集，神話與詩，頁 73～80，上海，開明書店，1948年。

聞一多全集，第 3 冊，神話編，頁 50～57，武漢，湖北人民出版社，
1993 年 12 月。

張維思　讀〈詩經新義〉
責善半月刊，第 1 卷第 5 期，頁 5～12，1940 年 5 月。
斯文，第 4 期，1940 年。

聞一多　《詩經》通義──〈召南〉
中山文化季刊，第 1 卷第 3 期，1943 年 10 月。
聞一多全集，乙集，古典新義，頁 133～160，上海，開明書店，1948
年。
聞一多全集，第 3 冊，詩經編上，頁 318～343，武漢，湖北人民出
版社，1993 年 12 月。

聞一多　說魚
邊疆人文，第 2 卷第 3、4 期合刊，頁 1～10，1945 年 3 月（文末題：
「1945,5,25 昆明」）
聞一多全集，甲集，神話與詩，頁 117～138，上海，開明書店，1948
年。
聞一多全集，第 3 冊，詩經編上，頁 231～252，武漢，湖北人民出
版社，1993 年 12 月。

刑慶蘭　讀聞一多先生〈說魚〉書後
邊疆人文，第 2 卷第 3、4 期合刊，共 2 頁，1945 年 3 月。

聞一多　《詩經》通義──〈周南〉
圖書季刊，新第 6 卷第 3、4 期，頁 1～16，1945 年 12 月。
聞一多全集，乙集，古典新義，頁 105～132，上海，開明書店，1948
年。
聞一多全集，第 3 冊，詩經編上，頁 291～317，武漢，湖北人民出
版社，1993 年 12 月。

聞一多　《詩經》通義──〈邶風〉
清華學報，第 14 卷第 1 期，頁 35～70，1947 年 10 月。
聞一多全集，乙集，古典新義，頁 161～200，上海，開明書店，1948
年。

聞一多全集，第 3 冊，詩經編上，頁 344～383，武漢，湖北人民出版社，1993 年 12 月。

聞一多　風詩類鈔甲

聞一多全集，辛集，詩選與校箋，頁 3～28，上海，開明書店，1948 年。

聞一多全集，第 4 冊，詩經編下，頁 453～480，武漢，湖北人民出版社，1993 年 12 月。

聞一多　風詩類鈔乙

聞一多全集，辛集，詩選與校箋，頁 29～94，上海，開明書店，1948 年。

聞一多全集，第 4 冊，詩經編下，頁 481～553，武漢，湖北人民出版社，1993 年 12 月。

1950

王　緇　聞一多先生〈詩・新臺「鴻」字說〉辨正

光明日報，文學遺產，第 137 期，1956 年 12 月 30 日。

編輯部　關於〈詩經・新臺篇「鴻」字說〉

光明日報，文學遺產，第 143 期，1957 年 2 月 10 日。

夏宗禹　聞一多先生與《詩經》

新建設，1958 年第 10 期，頁 62～65，1958 年 10 月。

1960 年

聞一多　〈匡齋尺牘〉續（按：談〈兔罝〉一詩）

談聞一多，頁 113～121，臺北，傳記文學出版社，1967 年 1 月初版，1987 年 7 月 1 日再版。

雅舍懷舊憶故知，北京，中國友誼出版公司，1986 年。

聞一多集外集，頁 261～266，北京：教育科學出版社，1989 年 9 月。

聞一多全集，第 3 冊，詩經編上，頁 224～230，武漢，湖北人民出版社，1993 年 12 月。

1970

廖元華　聞一多與《詩經》研究

　　　　南洋大學中國語文學報，第 3 期，頁 30～37，1970 年 3 月

　　　　詩經研究論集，頁 445～468，臺北，臺灣學生書局，1983 年 11 月初版。

　　　　詩經研究論集（一），頁 449～472，臺北，臺灣學生書局，1987 年 7 月再版。

費振剛　聞一多先生的《詩經》研究──爲紀念聞一多八十誕辰作

　　　　北京大學學報（哲學社會科學版），1979 年第 5 期，頁 58～66 轉頁 96，1979 年 10 月。

　　　　聞一多研究叢刊，第一集，頁 208～226，武昌，武漢大學出版社，1989 年 4 月。

　　　　中國經學史論文選集，下冊，頁 792～810，臺北，文史哲出版社，1993 年 3 月。

1980 年

趙蔭棠著、馬志文整理　〈邶風・新臺〉簡釋

　　　　甘肅師大學報（哲學社會科學版），1980 年第 1 期（總第 23 期），頁 57～59，1980 年 1 月（文末原按：「1959 年 6 月寫成，1963 年 3 月整理。馬志文根據整理稿再整理」）。

聞一多著、聞　翽整理、附記　〈詩經通義・衛風・碩人篇〉

　　　　河北師院學報，1981 年第 3 期，頁 3～12。

　　　　複印報刊資料（中國古代、近代文學研究），1983 年第 23 期，頁 93～102，1983 年 12 月。

趙制陽　聞家驊《詩經》論文評介

　　　　孔孟學報，第 42 期，頁 231～253，1981 年 9 月。

　　　　詩經名著評介，頁 321～349，臺北，臺灣學生書局，1983 年 10 月。

陳士漑　試論聞一多先生關於《詩經》中一些新義的發掘

　　　　湖南教育學院分院論文選刊（文科版）（平江），1982 年第 1 期（總第 1 期），頁 19～27，1982 年 1 月。

聞一多著、費振剛整理、附記　《詩・葛生》、〈采薇〉新義

　　　　文史，第 13 輯，頁 159～168，1982 年 3 月。

孫風態　《詩經‧新臺》「鴻」字新論
　　　　丹東師專學報（遼寧丹東市），1982 年第 3 期。

夏傳才　聞一多——現代《詩經》研究大師
　　　　詩經研究史概要，頁 255～274，鄭州，中州書畫社，1982 年 9 月。

夏傳才　聞一多對《詩經》研究的貢獻
　　　　齊魯學刊，1983 年第 3 期（總第 54 期），頁 70～74，1983 年 5 月。
　　　　複印報刊資料（中國古代、近代文學研究），1983 年第 6 期，頁 43
　　　　～48，1983 年 6 月。

聞一多著、費振剛整理　〈詩經新義〉三則
　　　　黃石師院學報，1983 年第 2 期，頁 33～37。

聞一多著、費振剛整理、附記　〈詩經新義〉三則
　　　　黃石師院學報，1983 年第 3 期，頁 25～28。

張啓成　聞一多「〈小弁〉爲棄婦詩」補證
　　　　復旦學報（社會科學版），1985 年第 2 期，頁 109～111，1985 年。

李思樂　聞一多先生《詩》「薄言」說考補
　　　　古籍整理研究學刊，1985 年第 4 期（總第 4 期），頁 9～13，1985 年
　　　　12 月。

李思樂　聞一多〈風詩類鈔〉補注
　　　　古籍整理研究學刊，1986 年第 3 期（總第 7 期），頁 86～94，1986
　　　　年 9 月。

孫心一　聞一多先生與《詩經》寫意圖
　　　　文物天地，1986 年第 4 期，頁 12～13，1986 年。

聞一多著、聞　翻整理　聞一多遺稿〈詩經通義〉選刊（1、2）
　　　　（1）古籍整理研究學刊，1987 年第 2 期（總第 10 期），頁 1～4，1987
　　　　　　年 6 月。
　　　　（2）古籍整理研究學刊，1987 年第 4 期（總第 12 期），頁 1～4，1987
　　　　　　年 12 月。

鈴木義昭譯　聞一多〈姜嫄履大人跡考〉
　　　　中國關係論說資料，第 30 號，第 1 分冊（上），頁 1～7，1988 年。

趙沛霖 〈詩經通義〉（聞一多）

　　　　詩經研究反思，頁 389～395，天津，天津教育出版社，1989 年 6 月。

1990 年

李思樂 〈新臺〉之「鴻」不是蟾蜍——聞一多晚年爲什麼自己否定了〈新

　　　　臺〉「鴻」字說

　　　　古籍整理研究學刊，1990 年第 1 期（總第 23 期），頁 19～23，1990

　　　　年。

馬承玉 〈詩・新臺「鴻」字說〉辨

　　　　中國語文，1991 年第 2 期（總第 221 期），頁 143，1991 年 3 月。

汪維輝 也說《詩・新臺》之「鴻」

　　　　古籍整理研究學刊，1992 年第 3 期（總第 37 期），頁 35～36，1992

　　　　年 5 月。

李思樂 聞一多《易・泰卦》「匏瓜」說新證

　　　　古籍整理研究學刊，1993 年第 5 期（總第 45 期），頁 20～22，1993

　　　　年 9 月。

聞一多 詩經通義乙

　　　　聞一多全集，第 4 冊，詩經編下，頁 3～452，武漢，湖北人民出版

　　　　社，1993 年 12 月。

聞一多 詩風辨體

　　　　聞一多全集，第 4 冊，詩經編下，頁 554～558，武漢，湖北人民出

　　　　版社，1993 年 12 月。

聞一多 詩經詞類

　　　　聞一多全集，第 4 冊，詩經編下，頁 559～618，武漢，湖北人民出

　　　　版社，1993 年 12 月。

季旭昇 評聞一多《詩經》論著中的古文字運用

　　　　經學研究論叢，第二輯，頁 211～252，臺北，聖環圖書公司，1994

　　　　年 10 月。

侯美珍 古典的新義——談聞一多解《詩》對佛洛伊德學說的運用

　　　　經學研究論叢，第三輯，頁 103～132，臺北，聖環圖書公司，1995

年 4 月。

侯美珍　出版資訊——《聞一多全集》（孫黨伯、袁謇正主編）
　　　　經學研究論叢，第三輯，頁 364～67，臺北，聖環圖書公司，1995
　　　　年 4 月。

重要參考書目

按：已見於本論文〈附錄二·聞一多《詩經》學相關書目繫年〉者，不複錄。

一、經學類

（一）《詩經》註譯專書類

1. 毛　亨傳、鄭　玄箋、孔穎達等疏，《毛詩注疏》，臺北：藝文印書館影印，《十三經注疏》本。

2. 朱　熹，《詩集傳》，臺北：臺灣中華書局，1993 年 3 月。

3. 姚際恆，《詩經通論》，臺北：中央研究院中國文哲研究所，1994 年 6 月。

4. 馬瑞辰著、陳金生點校，《毛詩傳箋通釋》，北京：中華書局，1989 年 3 月。

5. 方玉潤，《詩經原始》，臺北：藝文印書館，1981 年 2 月。

6. 王先謙著、吳　格點校，《詩三家義集疏》，臺北：明文書局，1988 年 10 月。

7. 余冠英，《詩經譯注》，香港：萬里書店，1959 年 10 月出版；臺北：洪氏出版社，1977 年 9 月（題陳慎初）。

8. 高本漢著、董同龢譯，《高本漢詩經注釋》，臺北：國立編譯館，1960 年 7 月印行，1979 年 2 月再版。

9. 金啟華，《國風今譯》，南京：江蘇人民出版社，1963 年 2 月。

10. 李一之，《詩三百篇今譯》，臺北：世界書局，1964 年 3 月初版。

11. 馬持盈，《詩經今註今譯》，臺北：臺灣商務印書館，1971 年 7 月初版，1987 年 4 月 3 版。

12. 于宇飛,《詩經新義》,臺北:自印本,1972 年 4 月。

13. 宋海屏,《詩經新譯》,臺北:新文豐出版公司,1975 年 11 月 3 版。

14. 王靜芝,《詩經通釋》,臺北:輔仁大學文學院,1977 年 12 月 6 版。

15. 余冠英,《詩經選譯》,北京:人民文學出版社,1978 年。

16. 糜文開、裴普賢,《詩經評註讀本・上》,臺北:三民書局,1982 年 7 月。

17. 藍菊蓀,《詩經國風今譯》,成都:四川人民出版社,1982 年 9 月。

18. 屈萬里,《詩經詮釋》,臺北:聯經出版事業公司,1983 年 2 月初版,1986 年 8 月第 3 次印行。

19. 陳子展,《詩經直解》,上海:復旦大學出版社,1983 年 10 月第 1 版,1991 年 6 月第 3 次印刷。

20. 袁　梅,《詩經譯注(國風部份)》,濟南:齊魯書社,1983 年。

21. 高　亨,《詩經今注》,臺北:漢京文化事業公司,1984 年 2 月。

22. 朱守亮,《詩經評釋》,臺北:臺灣學生書局,1984 年 10 月。

23. 祝敏徹等,《詩經譯注》,蘭州:甘肅人民出版社,1984 年 10 月。

24. 程俊英,《詩經譯注》,上海:上海古籍出版社,1985 年 2 月。

25. 鄧　荃,《詩經國風譯注》,北京:寶文堂書店,1986 年 6 月。

26. 楊任之,《詩經今譯今注》,天津:天津古籍出版社,1986 年 10 月。

27. 黃素芬,《詩經賞析》,南寧:廣西教育出版社,1987 年 8 月。

28. 糜文開、裴普賢合著,《詩經欣賞與研究(改編版)》(一〜四),臺北:三民書局,1987 年 11 月。

29. 呂恢文,《詩經國風今譯》,北京:人民文學出版社,1987 年。

30. 周錫䪖,《詩經選》,臺北:遠流出版事業公司,1988 年 7 月。

31. 程俊英主編,《詩經賞析集成》,成都:巴蜀書社,1989 年 2 月。

32. 任自健等主編,《詩經鑑賞辭典》,北京:河海大學出版社,1989 年 12 月。

33. 余冠英,《詩經選》,北京:人民文學出版社,1990 年。

34. 金啟華等主編,《詩經鑑賞辭典》,合肥:安徽文藝出版社,1990 年 2 月。

35. 周嘯天主編,《詩經楚辭鑑賞辭典》,成都:四川辭書出版社,1990 年。

36. 陳子展、杜月村,《詩經導讀》,成都:巴蜀書社,1990 年 10 月。

37. 程俊英、蔣見元,《詩經注析》,北京:中華書局,1991 年 10 月。

38. 黃典誠,《詩經通譯新詮》,上海:華東師範大學出版社,1992 年 5 月。

39. 李子偉,《詩經譯注——國風部份》,蘭州:蘭州大學出版社,1992 年 6 月。

40. 吳宏一,《白話詩經·一》,臺北:聯經出版公司,1993 年 5 月初版。

41. 張樹波,《國風集說·上》,石家莊:河北人民出版社,1993 年 8 月第 1 次印刷。

42. 余培林,《詩經正詁·上》,臺北:三民書局,1993 年 10 月。

43. 唐莫堯注釋、袁愈嫈譯詩,《詩經》,臺北:地球出版社,1994 年 3 月。

(二)《詩經》研究著作類

1. 王公賢,〈嫁娶之時鄭王異說平議〉,《中國文學系叢刊》,第 1 卷第 1 期,頁 13～15,1934 年 1 月。

2. 李平心,〈詩經新解〉,《中華文史論叢》,第五輯,頁 40～46,1964 年;《李平心史論集》,頁 101～131。北京:人民出版社,1983 年 9 月。

3. 孫作雲,《詩經與周代社會研究》,北京:中華書局,1966 年 4 月。

4. 賴炎元,《韓詩外傳今註今譯》,臺北:臺灣商務印書館,1972 年 9 月初版,1991 年 2 月 6 版。

5. 白川靜著、杜正勝譯,《詩經研究》,臺北:幼獅文化事業公司,1974 年。

6. 裴普賢,《詩經研讀指導》,臺北:東大圖書公司,1977 年 3 月。

7. 裴普賢,〈詩經黃鳥倉庚考辨〉,《詩經研究論集》,頁 379～390。臺北:黎明文化事業公司,1981 年 1 月初版。

8. 夏傳才,《詩經研究史概要》,鄭州:中州書畫社,1982 年 9 月。

9. 潘中心,〈詩經·新臺新探〉,《貴州社會科學》,1982 年第 4 期（總第 13 期）,頁 84～86。

10. 常 評,〈狡童、株林「食」字解〉,《學術研究》,1983 年第 3 期（總第 58 期）,頁 61。

11. 林慶彰編,《詩經研究論集》(一),臺北:臺灣學生書局,1983 年 11 月初版,1987 年 7 月第 2 次印刷。

12. 陳炳良,〈說「汝墳」——兼論《詩經》中有關戀愛和婚姻的詩〉,《神話·禮儀·文學》,頁 71～90。臺北:聯經出版公司,1985 年 4 月。

13. 陳炳良,〈從采蘋到社祀——讀《詩經》劄記〉,《神話·禮儀·文學》,頁 91～111。臺北:聯經出版公司,1985 年 4 月。

13. 劉毓慶,〈評余冠英先生《詩經選》——兼與余先生商榷〉,《晉陽學刊》,1985 年第 6 期,頁 75～79;《複印報刊資料》(中國古代、近代文學研究),1986 年第 1 期,頁 42～46。

14. 周策縱,《古巫醫與「六詩」考——中國浪漫文學探源》,臺北:聯經出版事業公司,1986 年 3 月初版,1989 年 3 月第 2 次印行。

15. 林慶彰編,《詩經研究論集》(二),臺北:臺灣學生書局,1987 年 9 月。

16. 袁　梅，〈詩經中反映的先秦婚俗〉，《文史知識》，1987 年第 11 期，頁 21～27，1987 年 11 月。

17. 趙沛霖，《興的源起——歷史積澱與詩歌藝術》，北京：中國社會科學出版社，1987 年 11 月。

18. 徐華龍，《國風與民俗研究》，北京：中國民間文藝出版社，1988 年。

19. 韓明安，《詩經研究概觀》，哈爾濱：黑龍江教育出版社，1988 年。

20. 趙沛霖，《詩經研究的反思》，天津：天津教育出版社，1989 年 6 月。

21. 吳　鳴，〈五四時期的民歌採集與詩經研究〉，《五四文學與與文化變遷》，頁 407～440。臺北：臺灣學生書局，1990 年 4 月。

22. 李家樹，《詩經的歷史公案》，臺北：大安出版社，1990 年 11 月。

23. 江　甯，〈新臺〉，《中國語文》，第 405 期，頁 44，1991 年 3 月。

24. 朱守亮，〈詩經毛傳婚期以秋冬爲正時說之商榷〉，《漢代文學與思想學術研討會論文集》，頁 565～579。臺北：文史哲出版社，1991 年 10 月初版。

25. 吳培德，〈淺談詩經中的性愛隱語〉，《雲南師範大學學報》（哲學社會科學版），1991 年第 5 期，頁 37～40，1991 年 10 月。

26. 張啓成，〈詩經隱語及其特殊含義〉，《詩經入門》，頁 128～136。貴陽：貴州人民出版社，1991 年 12 月。

27. 陶長坤，〈詩經象徵藝術探微——兼與王齊洲同志商榷〉，《內蒙古師大學報》（哲學社會科學版），1993 年第 1 期（總第 75 期），頁 80～87，1993 年 3 月。

28. 馬鳳程，〈論文化人類學在詩經研究中的應用〉，石家莊：「第一屆詩經國際學術研討會」會議論文，1993 年 8 月。

29. 李炳海，〈先秦時期的嫁娶季節與詩經相關作品的物類事象〉，《河南大學學報》（社會科學版），1994 年第 2 期（總第 137 期），頁 27～32，1994 年 3 月。

30. 王靜芳，《胡適詩經論著研究》，嘉義：國立中正大學中國文學研究所碩士論文，1994 年 7 月。

31. 王曉平，〈詩經文化人類學闡釋的得與失〉，《天津師大學報》（社會科學版），1994 年第 6 期（總第 117 期），頁 67～74，1994 年 12 月。

（三）其它經學著作類

1. 班　固，《白虎通德論》，臺北：臺灣商務印書館，《四部叢刊正編·子部》第 22 冊。

2. 鄭　玄注、賈公彥等疏，《周禮注疏》，臺北：藝文印書館影印，《十三經注疏》本。

3. 鄭　玄注、賈公彥等疏，《儀禮注疏》，臺北：藝文印書館影印，《十三經

注疏》本。

4. 鄭　玄注、孔穎達等疏,《禮記注疏》,臺北:藝文印書館影印,《十三經注疏》本。

5. 王　肅,《孔子家語》,臺北:臺灣商務印書館,《四部叢刊正編·子部》第 17 冊。

6. 杜　預注、孔穎達等疏,《左傳注疏》,臺北:藝文印書館影印,《十三經注疏》本。

7. 王　弼注、孔穎達等疏,《周易注疏》,臺北:藝文印書館影印,《十三經注疏》本。

8. 郭　璞注、邢　昺疏,《爾雅注疏》,臺北:藝文印書館影印,《十三經注疏》本。

9. 董仲舒,《春秋繁露》,京都:中文出版社影印《漢魏叢書》明萬曆二十年刻本。

10. 鄭　玄,《周易鄭康成注》,臺北:新文豐出版公司,1983 年 10 月。

11. 皮錫瑞,《經學歷史》,臺北:藝文印書館,1987 年 10 月 2 版。

12. 顧頡剛等,《古史辨》,臺北:藍燈文化事業公司,1989 年 11 月影印出版。

13. 戴君仁,《談易》,臺北:臺灣開明書店,1961 年 11 月初版,1982 年 2 月 7 版。

14. 謝秀文,〈《春秋》《左傳》記時差異探源·上〉,《黃埔學報》,第 16 輯,頁 85～95,1984 年 6 月。

15. 莊雅州,《夏小正析論》,臺北:文史哲出版社,1985 年 5 月。

16. 王汎森,《古史辨運動的興起》,臺北:允晨文化實業公司,1987 年 4 月。

17. 侯家駒,《周禮研究》,臺北:聯經文化事業公司,1987 年 6 月。

18. 劉黎明,〈再論「仲春之會」〉,《民間文學論壇》,1989 年第 6 期,頁 63～64。

19. 林慶彰主編,《經學研究論著目錄·1912～1987》,臺北:漢學研究中心,1989 年 12 月。

20. 趙吉惠主編,《中國儒學史》,鄭州:中州古籍出版社,1991 年 6 月。

21. 彭明輝,《疑古思想與現代中國史學的發展》,臺北:臺灣商務印書館,1991 年 9 月。

22. 黃愛平,〈乾嘉學者王念孫王引之父子學術研究〉,《中國經學史論文選集·下》,頁 484～526。臺北:文史哲出版社,1993 年 3 月。

23. 林忠軍,《象數易學發展史》,濟南:齊魯書社,1994 年 7 月。

24. 林慶彰主編,《經學研究論著目錄·1988～1992》,臺北:漢學研究中心,1995 年 6 月。

二、聞一多相關資料

1. 聞一多,《詩選與校箋》,臺北:九思出版社,1978 年 2 月。

2. 聞一多,《古典新義》,臺北:九思出版社,1978 年 2 月。

3. 聞一多,《神話與詩》,臺北:里仁書局,1993 年 9 月。

4. 聞一多著,孫黨伯、袁謇正主編,《聞一多全集》(1～12),武漢:湖北人民出版社,1993 年 12 月。

5. 郭沫若,〈聞一多全集序〉,《神話與詩》,頁 1～11。臺北:里仁書局,1993 年 9 月。

6. 朱自清,〈聞一多全集序〉,《神話與詩》,頁 13～23。臺北:里仁書局,1993 年 9 月。

7. 趙儷生,〈謹評聞一多先生的學術成就——兼論中國文獻學的新水平〉,《新建設》,第 1 卷第 8 期,頁 15～16,1949 年 12 月。

8. 蘇雪林,〈聞一多死於姪手〉,《自由青年》,第 21 卷第 6 期,頁 8～9,1959 年 3 月:《文壇話舊》,頁 143～151。臺北:文星書店,1967 年 3 月。

9. 梁實秋,《談聞一多》,臺北:傳記文學出版社,1967 年 1 月初版,1987 年 7 月再版。

10. 王　康,《聞一多傳》,原武漢:湖北人民出版社,1979 年 4 月出版,此據坊印本。

11. 王澤慶,〈聞一多的《馮小青對鏡圖》〉(按:附圖),《中國藝術》,創刊號,頁 70～71,人民美術出版社,不著出版年月(按:文中有言:「在聞一多先生殉難三十三周年和八十誕辰之際」語,知此文作於 1979、1980 年前後)。

12. 潘絜茲,〈聞一多的馮小青對鏡圖·附記〉,《中國藝術》,創刊號,頁 70,不著出版年月。

13. 王澤慶,〈稀有的藝術珍品——談新發現的聞一多先生的畫《晨妝》〉,《光明日報》,1980 年 7 月 20 日。

14. 許芥昱著、卓以玉譯,《新詩的開路人——聞一多》,原:*Wen I-to*,Boston Twayne Publishers,1980.,中譯本改為此名,香港:波文書局,1982 年、又有坊印本,出版年月不詳。

15. 程千帆,〈關於胡適和聞一多〉,《新文學史料》,1980 年第 2 期(總第 7 期),頁 278。

16. 陳敬之,〈聞一多〉,《新月及其重要作家》,頁 70～96。臺北:成文出版社,1980 年 7 月。

17. 朱文長,〈聞一多是如何成為「民主鬥士」的?〉,《傳記文學》,第 38 卷

第 5 期，頁 20～26，1981 年 5 月。

18. 劉紹唐，〈朱文長教授「聞一多是如何成爲『民主鬥士』的？」大文讀後的幾句話〉，《傳記文學》，第 38 卷第 5 期，頁 21～24，1981 年 5 月。

19. 梁敬錞等，〈「聞一多是如何成爲『民主鬥士』的？」的回聲〉，《傳記文學》，第 39 卷第 1 期，頁 29～30，1981 年 7 月。

20. 梁實秋，〈酒中八仙——記青島舊友〉，《大成》，第 102 期，頁 47～49，1982 年 5 月。

21. 季鎮淮，〈聞一多的學術途徑及其基本精神——在全國首屆聞一多學術討論會上的發言〉，「第一屆聞一多研究學術討論會」論文，1983 年 10 月；《黃石師院學報》，1983 年第 4 期；《聞一多研究叢刊》第一集，頁 180～189。武昌：武漢大學出版社，1989 年 4 月。

22. 伍大希，〈追隨一多先生左右〉，《新文學史料》，1983 年第 3 期，頁 190～195 轉頁 189。

23. 王子光，〈對「追隨一多先生左右」一文的訂正〉，《新文學史料》，1983 年第 2 期，頁 187～188 轉頁 186。

24. 李思樂，〈繼承、創新與爲現實服務——淺談聞一多先生古籍整理研究的兩個特徵〉，《古籍整理研究通訊》，1984 年第 1 期，頁 31～32。

25. 梁實秋，《秋室雜憶》，臺北：傳記文學出版社，1985 年 3 月再版。

26. 許毓鋒等，《聞一多研究資料》（上、下），太原：北岳文藝出版社，1986 年 7 月。

27. 徐文斗編，〈聞一多研究資料索引〉，《聞一多研究資料·下》，頁 929～1000。太原：北岳文藝出版社，1986 年 7 月。

28. 季鎮淮，《聞朱年譜》，北京：清華大學出版社，1986 年 8 月。

29. 季鎮淮主編，《聞一多研究四十年》，北京：清華大學出版社，1988 年 8 月。

30. 朱自清，〈中國學術的大損失——悼聞一多先生〉，《聞一多研究四十年》，頁 97～99。北京：清華大學出版社，1988 年 8 月。

31. 王　瑤，〈念聞一多〉，《聞一多研究四十年》，頁 115～141。北京：清華大學出版社，1986 年 8 月。

32. 季鎮淮，〈聞一多先生與中國傳統文學研究〉，《聞一多研究四十年》，頁 142～150。北京：清華大學出版社，1986 年 8 月。

33. 藍棣之，〈聞一多的創造性思維〉，《聞一多研究四十年》，頁 407～426。北京：清華大學出版社，1986 年 8 月。

34. 呂　維、徐葆耕，〈對母體文化的自衛和超越——略論聞一多的文化發展觀〉，《聞一多研究四十年》，頁 447～463。北京：清華大學出版社，1986 年 8 月。

35. 劉　烜，〈聞一多與中外文化〉，《聞一多研究四十年》，頁 464～484。北京：清華大學出版社，1986 年 8 月。

36. 費振剛，〈聞一多的中國文學史研究〉，《文學遺產》，1986 年第 4 期，頁 104～110。

37. 佘斯大，〈聞一多先生古代文學研究之始探〉，《華中師範大學學報》（哲學社會科學版），1987 年第 2 期（總第 66 期），頁 70～75 轉頁 46，1987 年 3 月；《複印報刊資料》（中國古代、近代文學研究），1987 年第 5 期，頁 9～15，1987 年 5 月。

38. 武漢大學聞一多研究室主編，《聞一多研究叢刊》第一集，武昌：武漢大學出版社，1989 年 4 月。

39. 中島碧，〈關於聞一多的古代文學研究〉，《聞一多研究叢刊》第一集，頁 190～191。武昌：武漢大學出版社，1989 年 4 月。

40. 王德震，〈聞一多研究報刊論文索引・1949～1986〉，《聞一多研究叢刊》第一集，頁 268～294。武昌：武漢大學出版社，1989 年 4 月。

41. 聞黎明、侯菊坤合編，〈聞一多年譜簡編〉，《近代史資料》，總 72 號，頁 1～75，1989 年 1 月。

42. 聞一多著、孫敦恆編，《聞一多集外集》，北京：教育科學出版社，1989 年 9 月。

43. 商金林，《聞一多研究述評》，天津：天津教育出版社，1990 年 10 月。

44. 龔維英，〈《神話與詩》伴我終生〉，《中國圖書評論》，1994 年第 3 期，頁 74～75。

45. 聞黎明、侯菊坤合編，《聞一多年譜長編》，武漢：湖北人民出版社，1994 年 7 月。

46. 陸耀東，〈新時期聞一多研究的回顧與展望〉，《武漢大學學報》（哲學社會科學版），1994 年第 6 期（總第 215 期），頁 3～10，1994 年 11 月。

47. 袁謇正、趙　慧，〈聞一多與中國傳統文化〉，《武漢大學學報》（哲學社會科學版），1994 年第 6 期（總第 215 期），頁 11～18，1994 年 11 月。

48. 唐達暉，〈聞一多在武漢大學事跡的幾點考辨〉，《武漢大學學報》（哲學社會科學版），1994 年第 6 期（總第 215 期），頁 32～35，1994 年 11 月。

49. 邵玉銘，〈為何「千古文章未盡才」？——論聞一多的詩與政治（一～四）〉，《聯合報》，第 37 版，1995 年 1 月 8～11 日。

三、精神分析學類

1. 佛洛伊德（Sigmund Freud）著、廖運範譯，《佛洛伊德傳》，臺北：志文出版社，1969 年 2 月初版，1991 年 6 月再版。

2. 靄理士（Havelock Ellis）著、潘光旦譯，《性心理學》，臺北：仙人掌出版社，1970 年 10 月。

3. 佛洛伊德著、文榮光譯，《少女杜拉的故事》，臺北：志文出版社，1971 年 9 月初版，1992 年 9 月再版。

4. 佛洛伊德著、林克明譯，《性學三論》，臺北：志文出版社，1971 年 3 月初版，1992 年 5 月再版。

5. 佛洛伊德著、賴其萬、符傳孝譯，《夢的解析》，臺北：志文出版社，1972 年 10 月初版，1992 年 8 月再版。

6. 佛洛伊德著、楊庸一譯，《圖騰與禁忌》，臺北：志文出版社，1975 年 8 月初版，1989 年 4 月再版。

7. 賴干堅，《西方文學批評方法評介》，廈門：廈門大學出版社，1986 年 7 月第 1 版。

8. 吳立昌，《精神分析與中西文學》，上海：學林出版社，1987 年 5 月。

9. 陳　慧，《弗洛伊德與文壇》，廣州：花城出版社，1988 年 12 月。

10. 王溢嘉，《精神分析與文學》，臺北：野鵝出版社，1989 年 9 月初版，1993 年 4 月第 7 版。

11. 佛洛姆（Erich Fromm）著、于人瑞譯，《超越佛洛伊德》（*Greathness and Limitations of Freud's Thought*），臺北：志文出版社，1991 年 2 月初版，1992 年 5 月再版。

12. 林基成，〈弗洛伊德學說在中國的傳播：1914～1925〉，《二十一世紀》，第 4 期，頁 20～31，1991 年 4 月。

13. 尹　鴻，《徘徊的幽靈──弗洛伊德主義與中國二十世紀文學》，昆明：雲南人民出版社，1994 年 9 月。

四、其　它

1. 荀　況，《荀子》，臺北：臺灣商務印書館，《四部叢刊正編・子部》第 7 冊。

2. 許　慎撰、段玉裁注，《說文解字注》，臺北：黎明文化事業公司，1993 年 7 月第 10 版。

3. 馬國翰輯著，《玉函山房輯佚書・目耕帖》，京都：中文出版社，1979 年 9 月。

4. 倍　松著、胡愈之譯，《圖騰主義》，上海：開明書店，1932 年 11 初版、上海：上海文藝出版社，1990 年 11 月影印。

5. 劉兆君，《西南采風錄》，臺北：臺灣商務印書館，1946 年 12 月初版，1991 年 3 月臺 1 版。

6. 愛德華・哈萊特・卡耳著、王任光譯，《歷史論集》（*What is History？*），臺北：幼獅文化事業公司，1968 年 12 月初版，1977 年 4 版。

7. 張正裕、莊永昌編譯，《世界動物百科全集》，臺北：三豪書局，1977 年。

8. 張萬福，《臺灣鳥類彩色圖鑑》，臺中：禽影圖書公司，1980 年 7 月初版。

9. 程靖宇，〈追懷潘光旦先生〉，《傳記文學》，第 39 卷第 1 期，頁 57～62，1981 年 7 月。

10. 龔濟民、方仁念編，《郭沫若年譜》，天津：天津人民出版社，1982 年 5 月。

11. 西南聯合大學北京校友會、校史編輯委員會編，《國立西南聯合大學校史資料》，北京大學出版社、雲南人民出版社聯合出版，1986 年 2 月。

12. 張君炎，《中國文學文獻學》，南昌：江西人民出版社，1986 年 12 月。

13. 王文寶，《中國民俗學發展史》，瀋陽：遼寧大學出版社，1987 年 8 月。

14. 傅樂成，《中國通史》，臺北：大中國圖書公司，1988 年 2 月再版。

15. 涂元濟，〈說鳥魚〉，《民間文學論壇》，1989 年第 2 期，頁 63～68。

16. 周溶泉等主編，《歷代怨詩趣詩怪詩鑑賞辭典》，南京：江蘇文藝出版社，1989 年 6 月。

17. 楊　琳，〈「雲雨」與原始生殖觀〉，《社會科學戰線》，1991 年第 1 期（總第 53 期），頁 80～89，1991 年 1 月。

18. 弗雷澤（J. G. Frazer）著、汪培基譯，《金枝》（*The Golden Bough*），臺北：久大文化公司、桂冠圖書公司聯合出版，1991 年 2 月。

19. 張　濤，〈古代婚齡漫談〉，《文史知識》，1991 年第 8 期，頁 44～48，1991 年 8 月。

20. 韋政通，《中國思想史》，臺北：水牛出版社，1991 年 9 月第 11 版 2 刷。

21. 北京圖書館編，《民國時期總書目（哲學・心理學）》，北京：書目文獻出版社，1991 年 12 月。

22. 莊錫昌、孫志民編著，《文化人類學的理論架構》，臺北：淑馨出版社，1992 年 3 月。

23. 李辛儒，《民俗美術與儒學文化》，北京：中央民族學院，1992 年 7 月。

24. 洪長泰，《到民間去：1918～1937 年的中國知識份子與民間文學運動》，上海：上海文藝出版社，1993 年 7 月。

25. 趙儷生，《趙儷生學術自傳》，成都：巴蜀書社，1993 年 11 月。

26. 周勛初，〈當代性和立體性──關於重寫文學史的幾點看法・上〉，《中央日報》，第 19 版，1995 年 4 月 10 日。